MADELEINE VIONNET, MA MÈRE ET MOI

Madeleine CHAPSAL

MADELEINE VIONNET, MA MÈRE ET MOI

L'éblouissement de la haute couture

Michel LAFON

Directeur de collection
Éric Portais

7-13, boulevard Paul-Émile-Victor - Île de la Jatte
92521 Neuilly-sur-Seine Cedex

www.michel-lafon.com

La vérité, ça n'est pas toujours facile à dire,
ça n'est pas toujours facile à entendre
– mais ça vaut la peine !

Madeleine Vionnet

Elle était une chercheuse d'infini...

Jacques Griffe

Il faut toujours faire autre chose !

Marcelle Chaumont

J'ai couru après moi, toujours.
Je crois qu'il faut se dépasser,
et pour se dépasser, il faut
s'atteindre.

Madeleine Vionnet

AVANT-PROPOS

Un matin du mois de novembre 2009, rue de Rivoli, les passants qui se hâtaient sous la pluie ne semblaient guère se soucier d'élégance. La plupart étaient dissimulés sous une sorte d'uniforme qu'on pouvait croire imposé plutôt que choisi : blousons, jeans, baskets... Une vague nostalgie me saisit.

Car c'est dans cette même rue de Rivoli, au 222, qu'a débuté celle qui fut au siècle dernier la plus grande des créatrices de la haute couture, ma marraine, Madeleine Vionnet. Et c'est à quelques encablures de l'appartement où elle ouvrit sa première maison, en 1912, qu'en cette fin d'année 2009 le musée des Arts décoratifs la célèbre avec magnificence.

À son époque, si l'élégance régnait dans les salons, elle était aussi dans la rue. Se promener dans les beaux quartiers, comme dans les autres, était un enchantement. Un défilé de mode où chaque femme, quels que fussent son âge et ses moyens, mettait son honneur à être le mieux vêtue possible. Pour le plaisir de tous !

Ce que j'avais tenté pour ma part, en arborant mes meilleurs atours, car j'allais encore une fois revoir la grande exposition des modèles de Madeleine Vionnet, en compagnie de trois femmes dont l'une, Denise Maillet, avait travaillé chez Vionnet, une autre était la fille d'une ouvrière, une autre celle d'un mannequin. Derniers et précieux témoins de la maison Vionnet, comme moi-même je le suis devenue...

En pénétrant sous la voûte du 107 rue de Rivoli, je me disais que jamais je n'aurais imaginé qu'un jour je serais amenée à rendre hommage à celle qui m'avait vue naître et, en acceptant d'être ma marraine, m'avait donné son prénom.

Je n'imaginais pas non plus me retrouver face à des robes, dont j'avais vu certaines portées par ma mère et mes tantes, aujourd'hui présentées comme des œuvres d'art... En contemplant les vitrines, j'étais comme tous les autres visiteurs : admirative, éblouie. Et un peu déçue de n'avoir pas perçu, lors de la naissance de ces chefs-d'œuvre, le caractère unique de ce qui se créait autour de moi, parfois pour moi...

Il est vrai que personne ne songeait à s'en glorifier, Madeleine Vionnet pas plus que ma mère, sa proche collaboratrice, n'imaginant que leur prodigieux artisanat, élevé par elles au sommet, devait disparaître. Alors qu'elles concevaient plus de six cents nouveaux modèles par an et que s'affinait encore leur art de la coupe... « Il faut faire autre chose... » répétait sans cesse ma mère avec enthousiasme et impatience !

Or, soudain, ce fut le drame, la Deuxième Guerre mondiale, la fermeture et la liquidation brutale de la maison Vionnet.

Certes la haute couture allait continuer sans Vionnet, déjà sous l'Occupation, mais cela n'était plus la même, il lui fallut se démocratiser, diminuer son exigence de luxe, compter avec la confection.

L'avais-je rêvée, la féerie sans limites de ce monde d'antan ? J'étais si petite !

Heureusement, j'ai recueilli et conservé toutes sortes de documents, lettres, photos, entretiens, qui me prouvent la réalité de mes souvenirs. Toutefois je croyais que les images de ce monde disparu ne pouvaient toucher que moi : que ce soit la personne demeurée secrète de marraine Vionnet, sa maison de l'avenue Montaigne, les grands défilés, sa résidence d'été à Sanary, nos vacances chez elle et avec elle...

C'est alors qu'intervint l'éditeur :

– Écrivez, racontez-nous tout ce que vous savez de Madeleine Vionnet, jusqu'au plus petit détail !

– Vous croyez que cela intéressera ?

– L'élégance que vous avez connue enfant n'existe plus. Ce qu'il en reste va disparaître...

– Vous avez raison. Même bien conservées, les robes vieillissent et se fanent... Comme le parfum Vionnet que portait ma mère. J'en ai gardé quelques flacons, où il s'évapore...

– Humez-le encore une fois et ressuscitez ce monde-là pour nous, s'il vous plaît !

Je m'y suis mise... Y suis-je parvenue ?

LA VISITE
À MADELEINE VIONNET

Dès que je sus marcher, on m'emmena régulièrement rendre visite à ma marraine Vionnet dans sa maison de couture de l'avenue Montaigne. Son lieu de travail mais qui, par sa taille, son luxe, la multitude de son personnel, me semblait un palais !

Chez ma mère, dès la semaine précédente, on était sur les dents. « Les petites doivent aller voir Madame Vionnet. Mais que vont-elles bien pouvoir se mettre ? Elles n'ont rien ! Il faut leur trouver quelque chose... »

En quelques jours, on nous faisait confectionner du nouveau, à ma petite sœur et à moi : robe, manteau et même chapeau... le tout chez Vionnet, bien entendu. Il ne me serait pas venu à l'idée qu'on puisse aller voir marraine Vionnet autrement qu'habillées de neuf des pieds à la tête – et quel neuf ! Crêpe georgette ou velours de laine dans des tons pastel, fronces, plissés, nervures, le tout taillé dans le biais.

La gouvernante nous préparait, dès la veille, car nous devions être impeccables : shampooing, bigoudis, récurage et pour couronner le tout un ruban de velours noir noué sur nos boucles – ni Maman ni Madeleine Vionnet n'aimaient les cheveux plats et épars...

C'était le chauffeur de Maman qui nous conduisait à la maison de couture, au 50 de cette belle avenue Montaigne bordée de larges trottoirs plantés d'arbres, où l'accueil qu'on nous réservait était digne de petites princesses. La voiture s'arrêtait sous la voûte et l'impressionnant portier galonné – sa livrée venait d'un grand tailleur – accourait en s'inclinant pour nous ouvrir la portière. Puis nous grimpions les quelques marches tapissées de rouge qui menaient au rez-de-chaussée.

La porte vitrée nous était tenue ouverte par l'une des nombreuses vendeuses. Toutes strictement vêtues de noir, debout dans le hall, elles guettaient l'arrivée des clientes, Madame Léonie en tête. Que d'exclamations, de sourires, de compliments : « Ce qu'elles sont mignonnes, et tellement élégantes ! »

Élégantes, nous l'étions sûrement : en plus des vêtements Vionnet, nous arborions chaussures et chaussettes neuves, gants blancs... Ni sacs ni bijoux – considérés comme vulgaires pour des enfants –, rien qu'une minuscule chaîne d'or avec les médailles offertes par Marraine.

Cette sollicitude de l'entourage, je savais au fond de moi que je la devais à ma position de filleule de la « grande patronne » et de fille de Marcelle Chapsal – Chaumont de son nom de jeune fille –, ma mère. Chez Vionnet, nul n'ignorait que c'était sur ces deux créatrices que reposait la réussite de l'entreprise, dont le prestige mondial flattait tout le personnel et le faisait vivre.

À l'époque, la haute couture jouissait d'un pouvoir absolu sur le monde des femmes, car leur sort, pour la plupart soumis aux hommes, dépendait en grande partie de leur apparence. Et dans l'hôtel particulier du 50 avenue Montaigne, ancienne demeure des comtes de Lariboisière, on savait que régnaient deux magiciennes. Elles connaissaient le secret de transformer des Cendrillons en reines. D'où l'admiration presque craintive qu'on leur accordait.

Une vendeuse nous accompagnait en haut du monumental escalier – l'hôtel de Lariboisière étant l'un des plus grands de Paris – pour nous introduire dans le vaste studio où nous attendait Madeleine Vionnet.

J'avais le sentiment de pénétrer dans le saint des saints où siégeait une déesse. « Madame » ou « Madame Madeleine », lui disait-on avec respect, sans trop s'approcher d'elle ni la dévisager, et je ressentais d'autant mieux mon privilège de l'appeler tout bonnement « Marraine ».

*
* *

C'est sous une verrière de taille que la maîtresse des lieux nous attend. La simplicité de l'aménagement de son studio contraste de façon frappante avec le luxe des salons, ceux de la présentation des modèles comme ceux d'essayage. Mais dans le vaste espace que s'est réservé la créatrice, tout parle non de richesse et de jouissance mais de son travail et de ce qu'il crée. Les fenêtres sont occultées de lourds rideaux, car le monde extérieur ne doit pas la distraire ! Aux murs de son sanctuaire des dessins de modèles, des photos, sur le sol et sur les tables des rouleaux de tissu, des épingles, des centimètres de couturière, des échantillons, des boutons, des plumes, de la fourrure en peaux, des livres et des revues sur un bureau ordinaire à tiroirs...

Dans l'angle opposé à la porte d'entrée, Madeleine Vionnet est assise sur un siège tournant près du mannequin de bois articulé sur lequel elle ajuste avec des épingles les morceaux de toile de coton qu'elle vient de découper.

Cette poupée de bois, je la connais : Maman a la même à la maison. À son retour de l'avenue Montaigne, tout aussi infatigable que Vionnet (est-ce ce qui les rapproche ?), ma mère continue à créer des modèles, la nuit, dans la salle de bains contiguë à ma chambre. Le cliquetis de ses bracelets d'ébène me rappelle qu'elle est au travail, et je m'endors, bercée, tranquille.

Toutefois, saisie par mon arrivée protocolaire avenue Montaigne, je suis inquiète ; l'accueil empressé du personnel m'a donné de l'appréhension : vais-je savoir bien me tenir comme on l'attend de moi ? Une fois introduite dans le studio, je m'apaise : cette ambiance-là m'est familière, c'est celle de la couture, avec l'odeur des tissus, le fonctionnel des portants, des vêtements en vrac, des paires de ciseaux, des baquets d'épingles, des crayons, des dessins... On dirait une salle de jeu !

Au milieu de cet excitant désordre, il y a Marraine, imposante certes, et en même temps si affectueuse...

Elle reste assise, sans doute pour se trouver à notre hauteur et que nous puissions nous précipiter toutes les deux ensemble dans ses bras, qu'elle tient grands ouverts. Fleure-t-elle bon le parfum Vionnet dont s'inonde Maman ?

Sa voix est remarquable. Sur deux tons, l'un déterminé, autoritaire, l'autre plus chantant, un peu triste. D'entrée de jeu, elle nous lance : « Voici la grande et voici la petite ! » Comme si elle nous classait...

À vrai dire, Madeleine Vionnet classait presque tout. Par nécessité. Une grande maison comme la sienne ne pouvait fonctionner que strictement hiérarchisée : apprentie, petite main, seconde main, première main, seconde d'atelier, première d'atelier... Il en était de même pour la vente : seconde vendeuse, première vendeuse, directrice de la vente. Longtemps ce fut Mademoiselle Léonie, laquelle, aussi efficace que courtoise, connaissait son Gotha par cœur. Une hiérarchie différente gouvernait la cabine des mannequins ; selon le choix de la patronne, chaque fille avait son rang et sa spécialité : les unes présentaient les robes du matin, les autres les robes du soir, ou les tailleurs, ou les fourrures. Dominant le lot, les favorites, auxquelles était dévolu – non sans susciter d'âcres jalousies – l'honneur de passer les plus remarquables modèles...

Cette organisation quasi militaire était nécessaire au fonctionnement de l'entreprise, mais elle convenait particulièrement au caractère de Vionnet : mathématicienne comme le prouvent les casse-têtes que sont ses patrons, elle aimait tout découper, délimiter, ordonner. Et elle ne manquait pas de me rappeler que j'étais l'aînée !

Une fois choses et gens mis en place, elle avait le talent d'assouplir et d'affiner (de même qu'elle garnissait ses robes une fois coupées). « Ma petite châtaigne », me disait-elle. Mes yeux sont bruns, ma chevelure châtain, du fait de mes ancêtres du centre de la France. Ma sœur est « sa petite mûre », ce que suggère peut-être le rebondi de ses joues d'enfant.

Commencent alors les questions qui incitent à répondre par l'affirmative : si nous travaillons bien en classe, si notre grand-mère maternelle, qu'elle voit rarement, se porte bien, si nous sommes satisfaites de nos nouveaux jouets (dont beaucoup viennent d'elle), si « Miss » (restée derrière la porte) est gentille, si nous sommes contentes d'aller bientôt en vacances dans notre Limousin où elle compte nous rejoindre. D'ici là, elle nous attend, dimanche prochain, dans sa maison de campagne de Cély-en-Bière, où il y a des poules et des lapins.

Je n'ai pas vu d'animaux domestiques, chez Madeleine Vionnet, ni chat ni chien, mais elle s'intéressait aux plus petits détails de la nature. « Que c'est beau, regarde ! » s'exclamait-elle en prenant en main un fruit, en examinant de tout près la composition d'une fleur. Il y en avait toujours quelque bouquet près d'elle dans des vases de Lalique, des glaïeuls et des tulipes, seules espèces dont les lignes étaient assez dépouillées pour s'assortir au style des années trente, hormis les roses, que Marraine utilisait en tissu roulotté pour garnir ses modèles.

Après les embrassades, nous restions debout devant elle – qui ne se levait toujours pas et qui, s'adressant à moi, la grande, en venait chaque fois à la phrase princeps : « Est-ce que tu te réalises ? »

La question me déconcertait et je l'entends encore !

Certes Madeleine Vionnet avait commencé à travailler en atelier dès l'âge de douze ans, mais que pouvait-elle attendre de moi d'aussi remarquable alors que je ne faisais qu'aller en classe et à mes cours de danse ou de piano ?

Toutefois je m'appliquais de mon mieux pour la satisfaire et quand j'allais la voir j'arborais ma croix d'excellence. Elle ne m'en félicitait pas, considérant, ce qu'elle avait toujours voulu pour elle-même, qu'il était normal d'être première.

Au bout d'un moment elle faisait pivoter son siège et saisissait sur l'une de ses tables une boîte de marrons glacés de chez la Marquise de Sévigné, ou de chocolats de chez Fouquet. Elle nous en offrait quelques-uns et nous savions ce que cela signifiait : la visite était achevée. Une fois la gâterie avalée, c'était au revoir, au revoir... La miss nous attendait derrière la porte : fin de l'audience, retour au bercail.

Savait-elle, la grande dame, qu'en dépit de ma réserve et de mon silence j'avais tout observé, tout enregistré ? Sans imaginer que je me préparais ainsi à obéir à son attente de « me réaliser ». Non par la couture, dont ma mère me détournait, mais par l'écriture...

Ce qui me permet aujourd'hui de parler d'elle !

MES PREMIÈRES COLLECTIONS

Je n'ai pas de souvenir précis du magnifique décor de la maison Vionnet... En voyant les photos, je m'aperçois que j'ai eu la chance, enfant, de me trouver au cœur d'un chef-d'œuvre de l'Art déco, récemment et bêtement détruit par des promoteurs... Mais personne n'ayant songé à me dire : « Regarde, admire ! » je n'ai guère prêté d'attention aux détails des salons. Il m'en reste néanmoins un sentiment général : celui d'une atmosphère enchanteresse.

Assise sur un pouf à regarder défiler de belles et grandes femmes dans des tenues sans cesse différentes, je savourais mon bien-être et mon plaisir. L'air embaumait le parfum

Vionnet – celui de Maman ! – et dans une lumière indirecte et douce les mannequins, pivotant sur elles-mêmes, faisaient exprès de s'approcher de moi en souriant. Un pan de leur jupe caressait parfois mes genoux... À croire qu'elles ne défilaient que pour moi !

Madeleine Vionnet, futuriste dans toutes ses créations, avait fait appel aux plus grands décorateurs de l'époque, André Mare, Jean-Michel Frank, l'architecte d'intérieur Georges de Feure, le verrier Lalique, lesquels avaient rivalisé pour créer un univers où chaque élément, de l'ameublement au sol, au plafond et aux murs, constituait une œuvre d'art unique. Comme tout ce qu'inventaient les artistes inspirés des années vingt.

Que ce soit l'entrée, le grand salon où l'on présentait la collection, celui où défilaient les fourrures, un autre réservé à la lingerie, les salons d'essayage, la salle à manger privée, tout brillait d'un luxe étonnamment moderne. Glaces immenses, motifs de verre moulé, baies occultées de vitraux...

Sur l'un des murs, une farandole de femmes en mouvement défilait comme sur les fresques romaines, à cette différence qu'elles portaient des modèles Vionnet bien reconnaissables ! Cette singularité ne se percevait pas au premier coup d'œil, mais elle instituait un univers de beauté prometteur : tout ce qu'on allait présenter ne pouvait que se révéler exceptionnel et chaque femme serait traitée en reine. Faveur qu'on percevait d'emblée, grâce à une lumière captée, directe ou réfractée, qui favorisait le teint comme la couleur des vêtements.

Lors des collections auxquelles j'ai eu le privilège d'assister, assise au premier rang vu ma petite taille, l'ambiance était si recueillie qu'il n'était pas nécessaire de me recommander d'être « sage ». Aucune musique ni même aucune parole, sauf l'énoncé d'un numéro, n'accompagnait le défilé, ce qui rendait l'apparition des mannequins encore plus mystérieuse... Ces jolies filles étaient si nombreuses, près d'une trentaine en cabine, qu'il s'en présentait plusieurs à la fois et que l'attention était totalement requise par le bougé du spectacle. Aujourd'hui on dirait du « show ».

Comme il n'y avait pas d'autre enfant que moi dans l'assistance, certains mannequins se permettaient de m'adresser un petit clin d'œil de connivence, ce qui me donnait plus encore le sentiment de mon importance et renforçait mon désir de bien me tenir, c'est-à-dire de rester parfaitement immobile.

Mais j'étais trop petite pour apprécier la beauté et la nouveauté des modèles qui défilaient sous mes yeux. Je ne pouvais que m'amuser d'un motif, fleur, animal, vibrer à la vue d'une couleur – dont le fameux « rouge Vionnet » –, écouter le bruissement des robes à traîne frôlant les tapis... Ces femmes si somptueusement vêtues étaient semblables aux princesses des contes de fées que j'admirais sur les images de mes livres d'enfant !

Il m'arrivait de tendre une main vers les renards, les hermines, les zibelines, toutes ces peaux auxquelles on laissait leur tête incrustée de petits boutons noirs représentant les yeux... Ignorant la férocité du massacre qu'exige la fourrure, j'aurais voulu les caresser telles de tendres peluches.

À l'époque je ne savais rien du travail extravagant qu'avait exigé chacun de ces modèles, je pouvais penser que les robes poussaient d'elles-mêmes sur les femmes, comme les feuilles sur les arbres...

S'il m'était encore difficile d'apprécier la coupe géniale des modèles qui défilaient à la vitesse de l'éclair, me frappait cependant la souple démarche de ces filles, plus grandes et minces que leurs contemporaines. Elles s'avançaient d'un air qui se voulait triomphant, et même supérieur, le long de la rangée de fauteuils où trônaient les clientes. M'échappait toutefois le jeu féroce qui avait lieu entre ces deux catégories de femmes : celles, debout, revêtues de splendeurs qui ne leur appartenaient pas, et les autres, assises, qui avaient les moyens de tout acheter aussi bien que de tout critiquer et refuser.

Pourtant je ressentais une tension car, d'une certaine façon, la fillette que j'étais se demandait implicitement auxquelles de ces femmes elle aurait plus tard envie de ressembler.

Aux mannequins, bien sûr, plus jeunes, plus jolies, plus vivantes – je le percevais rien qu'à leur démarche – plutôt qu'aux femmes figées, chapeautées, couvertes de bijoux, qui les considéraient d'un œil à la fois morne et avide.

À propos, pourquoi Maman trouvait-elle bon que j'assiste, alors que j'étais encore si petite, aux défilés de la maison Vionnet ? Était-ce pour m'initier à la richesse et à la beauté de cet univers qui était le sien ? Ne sachant l'exprimer en mots – qui l'aurait pu ? – elle m'enveloppait dans sa musique singulière pour que son sortilège m'accompagne toute ma vie.

C'était ce qu'elle pouvait me donner de meilleur – après m'avoir allaitée –, son sens et sa passion de l'élégance, un legs artistique et spirituel. Maman a réussi son initiation, car je reste sous l'emprise de cette beauté unique qu'elle m'a permis de contempler au temps rare où elle existait.

DES CADEAUX SOMPTUEUX

Est-ce pour compenser ce que fut leur propre enfance, modeste et même démunie – « Il n'y avait rien chez nous », m'a dit Madeleine Vionnet –, que ma mère et Marraine nous ont couvertes de cadeaux ? Trop peut-être... À Noël ma sœur et moi n'exprimions guère de souhaits, n'ayant plus rien à désirer ! Mais nous savions que nous serions quand même inondées de surprises...

L'excitation de nos proches et celle des amis de la famille à nous apporter quelque objet original et luxueux me donne maintenant à penser qu'ils se faisaient plaisir à eux-mêmes, plus encore qu'à nous. À croire qu'il s'agissait d'une joute où chacun tenait à prouver combien il avait du goût, du flair, le sens de la nouveauté...

Nos plus extraordinaires jouets venaient du Nain bleu, le magasin renommé du faubourg Saint-Honoré : ainsi le rossignol chantant dans sa cage dorée, le train électrique avec son circuit de rails qui faisait le tour de notre chambre, l'ours en peluche géant, la maison de poupée à étages avec tous ses meubles et son minuscule ascenseur...

Il y eut aussi les présents de Mme Lillaz, l'épouse du propriétaire du Bazar de l'Hôtel de Ville – un des commanditaires de la maison Vionnet. Les Lillaz habitaient à l'époque la magnifique résidence sise au cœur du bois de Boulogne où de Gaulle s'installa un temps à la Libération. Puis ce fut le tour des Windsor – la duchesse y demeura après son veuvage – et enfin Dodi Al Fayed venait de la louer pour y vivre avec Diana quand ils disparurent tragiquement tous les deux.

Nous étions très souvent invitées là-bas le dimanche, nous jouions dans le parc avec d'autres enfants, et recevions des cadeaux droit sortis du Bazar de l'Hôtel de Ville. Je me souviens en particulier d'un Noël où, sous un sapin gigantesque érigé dans le salon, nous attendaient des paquets mystérieux. Dans l'un d'eux, je découvris une petite voiture des quatre-saisons, avec son parasol et un monceau de fruits et légumes en coton coloré... C'était si remarquable que Maman, sûre de son effet, le faisait admirer à tous ceux qui venaient à la maison.

Toutefois, le cadeau dont nous fûmes incapables d'apprécier à l'époque l'extrême somptuosité fut les deux grandes poupées habillées par la maison Vionnet !

À l'occasion d'une visite des souverains d'Angleterre à Paris le gouvernement français, désirant faire un présent digne d'elles à leurs filles, les petites princesses Elizabeth et Margaret-Rose, avait choisi Madeleine Vionnet pour habiller deux grandes et belles poupées.

Ce qui fut fait et marraine Vionnet eut la générosité de nous offrir, à ma sœur et à moi qui avions à peu près l'âge des princesses d'Angleterre, les mêmes poupées dotées du même trousseau. C'était effectivement un don princier : les poupées au visage de porcelaine étaient merveilleuses, mais la garde-robe, confectionnée avec amusement et amour par les ateliers, l'était plus encore ! Petits ensembles en tissu écossais pour l'après-midi, écharpes et bonnets tricotés pour le ski, robes du soir en organza rose, manteau de fourrure, cape en velours...

À la cour d'Angleterre, l'étiquette face aux cadeaux était de les recevoir comme destinés non aux souverains mais au pays et de les remettre avec d'autres à un musée d'État où, paraît-il, les poupées et leur garde-robe Vionnet sont intactes.

Rien de tel pour les nôtres ! Je me souviens de l'arrivée de ce magnifique ensemble emballé comme les modèles destinés aux clientes, dans des cartons et du papier de soie... Enchantées, nous avons tellement joué avec nos poupées et leur trousseau qu'il n'en reste que des bribes disséminées parmi d'autres jouets tous plus ou moins amochés.

Il y eut aussi, ce qui nous faisait encore plus plaisir que les poupées et les peluches, les articles de sport. D'innombrables tricycles, patinettes, bicyclettes, voitures à pédales et – géniale Vionnet – le portique !

Craignant nos acrobaties, en nous le faisant parvenir dans le Limousin la donatrice ne fut pas avare de recommandations : pas trop d'excentricités ! nous écrit-elle. Quelle joie j'éprouvais pourtant à me suspendre par les pieds au trapèze, par les coudes aux anneaux et à envoyer la balançoire dans les étoiles... Tous mouvements dont ont tant besoin les enfants et que tentaient de réprimer à la fois la gouvernante et notre grand-mère... On s'y livrait en cachette, souvent à la tombée de la nuit tandis que les adultes devisaient devant la haute cheminée.

Nous manquait toutefois ce qu'on peut appeler la solitude : un coin à nous, loin des grandes personnes. Là aussi Madeleine Vionnet eut un coup de génie : elle nous offrit une maison de poupée suffisamment grande pour que des enfants puissent s'y tenir, mais pas les adultes. Tout y était à notre taille, la table, les tabourets, les deux lits et il y avait même une barrière pour en interdire l'accès aux « grands ». Que de rêves j'ai faits dans cette maison qui doit subsister dans quelque grenier !

J'y ai surtout rêvé de rencontre amoureuse avec quelqu'un qui m'aimerait pour ce que j'étais et non telle une poupée comme celle, si élégante avec ses cheveux de soie et sa garde-robe Vionnet, que je berçais parfois entre mes bras...

NOTRE ENFANCE, UN CONTE DE FÉES ?

« Mais c'est un conte de fées que votre enfance, s'exclame-t-on quand j'en parle, toutes ces robes, ces jouets, ces domestiques, ces voitures à disposition, ce luxe ! Vous en rendiez-vous compte ? »

Bien entendu ! Et sacrée « petite princesse » par mon entourage – qui y trouvait son compte –, j'imaginais que je le resterais toujours ! Qu'il me suffisait de bien me tenir à table comme ailleurs, de faire la révérence aux adultes, de répondre par un sourire aux compliments, de dire ma prière le soir et de bien travailler en classe pour garder mon rang d'exception.

Toutefois, l'angoisse était là. Sourde, palpable et grandissante : la crise avait commencé d'ébranler les fortunes, et même les femmes les plus riches devenaient un peu... disons regardantes.

Longtemps cela n'avait pas été le cas. La maison de couture ne lésinait pas sur la qualité des tissus, la richesse des broderies, ni le coût du travail : au moindre défaut ou si la cliente disait s'être « trompée » et ne plus vouloir de ce modèle-là, on refaisait le tout sans un mot !

Madeleine Vionnet et ma mère ne connaissaient que la perfection. Elles l'exigeaient pour elles-mêmes et pour tout ce qui les entourait, leurs meubles, le service, leur habillement, celui de leurs proches, notre éducation et aussi le langage, la façon de parler. Elles refusaient le défaut, l'approximation, le second niveau, évidemment l'impolitesse et la grossièreté...

En même temps elles étaient modestes dans leur manière de vivre : elles ne désiraient ni ne possédaient rien de trop. Et si leur nécessaire était somptueux, il n'était que le nécessaire : pas deux voitures mais une, pas deux services de chez Puiforcat, mais un seul… La verrerie de Baccarat n'était pas non plus en surnombre et dès que ma mère se faisait refaire un tailleur ou un manteau, elle se débarrassait, en les donnant ou les soldant, des précédents : ses armoires n'étaient pas surchargées. Côté parures, elle n'avait qu'un collier de perles, un seul clip, un seul diamant. Madame Vionnet, volontairement, ne portait pas de bijoux et que ce soit à Paris, à Cély ou à Sanary, ses lieux de résidence, raffinés, étaient comme elle, dépouillés.

*
* *

Quand je lui ai demandé, au soir de sa vie, lors d'un entretien pour *L'Express*, pourquoi elle ne portait pas de bijoux, ma marraine a souri.

« Quand je travaillais à Londres, entre mes vingt et mes vingt-cinq ans, j'ai habillé une fille des Rothschild qui se mariait avec le duc de Marlborough. Une très belle femme. Je suis allée l'aider à se préparer pour la présentation à la Cour. Il y avait avec nous deux hommes qui ne s'en allaient pas. Quand j'ai demandé pourquoi ma cliente s'habillait devant eux, on m'a dit que c'étaient des détectives qui surveillaient le million de livres qu'elle portait en bijoux. Ils regardaient probablement mes mains, ces gens-là ! Je me suis dit : "S'il faut se faire garder par quelqu'un quand on porte des bijoux, alors je n'en aurai jamais !" Et je n'en ai pas eu.

» Et puis je me suis trouvée trop riche de nature pour m'orner de bijoux ! J'ai eu cette prétention et je me suis nettoyée de ce besoin-là... »

*
* *

Dans leur vie comme pour leurs créations, ma mère et ma marraine visaient à l'essentiel, à la pureté de la ligne. Leur ameublement était sobre, comme l'exigeait le style de l'époque, mais leurs menus l'étaient aussi : légumes, volailles, petites crèmes aux œufs faites maison, jamais de vin ni d'alcool... Juste un doigt de champagne les grands jours.

Il en fut de même pour mon éducation : ces femmes si exigeantes pour elles-mêmes tentèrent de faire de moi une petite fille – « modèle » ? – qui soit comme leurs créations : faite pour être vue et admirée. Ce qui implique bien des restrictions...

Dans mon cours privé de la rue de la Pompe, le cours Fénelon-Lamartine, j'étais certes première, mais pour le reste que de lacunes ! À la maison, je n'étais pas autorisée à aller en cuisine, ni à faire le moindre brin de ménage, aucune course... Mes mains, qui n'apprirent pas à coudre, ne me servaient qu'à manier poupées et jouets, à m'exercer sur le piano, un Erard quart de queue gainé de parchemin, que Vionnet m'avait offert pour ma première communion, et à caresser la petite chienne rac dénommée Sophie.

Pour ce qui est de mon esprit, hors mon travail scolaire, il ne m'était possible que de lire... et de rêver.

Je ne m'en privais pas. Pendant des semaines j'ai follement souhaité aller à la montagne, découvrir la neige, ce qui ne m'a jamais été accordé, et aussi rencontrer des garçons, ce qui n'était pas le cas dans mon cours non mixte, et avoir une chambre à moi – il fallut que j'attende mes quinze ans –, et voir un peu plus souvent mon père !

Quand j'y repense, je m'aperçois que je ne réalisais en rien mes aspirations même les plus raisonnables, je ne pouvais que me plier à ce qu'on attendait de moi, et, pour ne pas décevoir ces femmes qui m'aimaient tant, je cherchais à le prévoir en observant ce qui se passait autour de moi et à m'en imprégner.

À mon insu, je me préparais ainsi à décrire l'ambiance dans laquelle on me faisait vivre, une dure féerie qui impressionne quand je l'évoque.

Car le monde de la haute couture, ce sommet du luxe, exige de renoncer à soi pour viser l'impossible ! Et parfois l'atteindre...

Vionnet disait : « Il faut donner sa tête, son travail, ce que l'on est... Tout ce que l'on donne vous revient ! »

NOS ÉLÉGANCES

Dès ma naissance, je l'ai dit, j'ai joui de l'exceptionnel privilège d'être vêtue par Madeleine Vionnet. Mes robes de bébé, puis de fillette, plus tard de première communiante, d'adolescente, mes pyjamas de velours noir, mes chemises de nuit de soie, mes maillots de bain tricotés main, l'entier de mon trousseau m'était fourni par les prestigieux ateliers de l'avenue Montaigne.

Comme le chat se love d'instinct au plus moelleux des coussins, je m'enfonçais béatement et sans réfléchir dans ce cocon de luxe et de beauté. Mes doigts froissent encore en pensée les robes soyeuses de mes trois ans, petits chefs-d'œuvre de la plus haute des coutures, plissées main et taillées dans le biais...

Il y avait aussi la douceur des vêtements de Maman quand je grimpais sur ses genoux dans le sublime cadre années trente de notre hôtel particulier. Blouses souples, cols travaillés, amples manches, teintes rares, j'avais conscience que ma mère était plus richement vêtue que les autres et j'en éprouvais de la fierté. Maman, me semblait-il, était un être à part, de même que Madeleine Vionnet : ces deux femmes, suprêmement élégantes dans leur mise et courtoises dans leurs manières, rayonnaient sur l'entourage. J'en étais comme auréolée.

Si je ne possédais pas l'expérience nécessaire pour apprécier l'exceptionnel d'une coupe, d'une broderie, d'une garniture, d'un tissu, je voyais bien, lorsque l'une ou l'autre des femmes raffinées qui m'entouraient, ma mère, mes tantes, entraient dans un salon ou dans un restaurant, qu'un silence s'établissait et que tout le monde se retournait sur elles.

L'étonnement était plus flagrant encore quand il s'agissait de ma sœur et de moi : peu d'enfants – peut-être même étions-nous les seules – étaient vêtues par la haute couture. Très vite nous prîmes l'habitude d'être un point de mire où que nous allions, fût-ce en classe ou au jardin d'Acclimatation.

Un enfant, s'il est aimé, peut se croire le centre du monde, en tout cas chez ses proches. « Lorsque l'enfant paraît, écrit Victor Hugo, le cercle de famille applaudit à grands cris... » Pour ma sœur et moi, ce miracle avait lieu partout : dans la rue, dans les réceptions, les lieux publics et à la sortie de la messe dans notre petit village du Limousin.

Il n'y a pas si longtemps, des dames de là-bas me répétaient, les yeux brillants : « Vous voir si joliment habillées, votre sœur et vous, en compagnie de votre mère et de votre tante, était un énorme plaisir ! Parfois aussi il y avait Madame Vionnet, quelle allure vous aviez toutes en vous promenant sur la route... »

Ce que peut le vêtement : pour ce petit bourg nous représentions quasiment une famille royale.

Notre élégance dominicale exigeait toutefois un sérieux bichonnage, ce qui ne nous enchantait guère alors que nous étions en vacances dans le petit château limousin de ma mère que jouxtait une ferme et – bonheur ! – tous ses animaux.

Mais l'ennui d'interrompre nos jeux et d'avoir à nous laisser « déguiser » – avec chapeaux, gants, parfois des guêtres de coton ou de cuir boutonnées... – était compensé par les regards curieux, les sourires et le sentiment d'être un spectacle. Nous appartenions sûrement à une catégorie supérieure pour qu'on nous admire autant ! Et, me semblait-il, sans jalousie.

En fait nous représentions aux yeux de ces provinciaux qui n'avaient pas accès à la haute couture des sortes de mannequins vivants, des images de magazine venues illustrer rien que pour eux la haute mode parisienne sur les places et les routes départementales. Ces gens nous en étaient reconnaissants.

Il m'arrive à retardement de m'en sentir gênée. N'étions-nous pas des sortes de petits singes savants, des fillettes-sandwichs dont on aurait pu se moquer ? Certains le faisaient peut-être derrière notre dos...

Mais ce qui l'emporte c'est ma conviction que ces exhibitions de mode n'étaient pas vaines : je sais maintenant à quel point le travail de la haute couture, lequel continue bon an mal an en dépit des révolutions, des guerres, des crises, est civilisateur.

Comme tous les arts – l'habillement n'a jamais cessé d'en être un –, celui de la couture élève au-dessus d'eux-mêmes ceux qui y participent.

Qu'il s'agisse des créateurs, des ouvrières, ou de celles qui portent leurs robes et des spectateurs qui les dévorent des yeux !

LES OUVRIÈRES, CES MÉCONNUES...

Sans les ouvrières et leur immense travail, rien de ce qui fait la haute couture ne peut exister. Mais qui en a vraiment conscience, qui songe à leur donner la place qui est la leur, de mon point de vue tout aussi capitale que celle des modélistes ?

Chez Vionnet, en dehors de celles qui avaient rang de première, je crois n'en avoir rencontré aucune à l'époque. En dépit de leur rôle essentiel et de leur nombre impressionnant – plus de huit cent cinquante –, les ouvrières – chez Vionnet comme dans les autres maisons de couture – demeuraient invisibles ! (De même que sur les paquebots l'on ne voit jamais ceux qui dans les soutes font marcher les machines... Sauf en cas de naufrage et, pour les ouvrières de la couture, elles n'apparurent qu'en 1936, au moment des grandes grèves.)

Toutefois ces formidables techniciennes, que ce soit par modestie, par inconscience de leur valeur ou du fait du statut qui leur était concédé, ne concevaient d'admiration que pour les modélistes. Certains de ceux-là sachant à peine tenir une aiguille, ce qui était le cas de ma mère...

En réalité, leurs rôles respectifs sont absolument complémentaires. Ce que savait Madeleine Vionnet. En apprentissage dès ses douze ans et connaissant à fond le métier depuis la conception d'un modèle jusqu'à son exécution et à sa livraison, devenue patronne elle tint son personnel en grande estime.

Elle le prouva en faisant construire, dans la cour de l'hôtel de l'avenue Montaigne, un bâtiment ultramoderne en verre et en acier. Le mobilier tubulaire, les grandes tables de bois, tout y était particulièrement adapté et celles qui y ont travaillé en gardent un souvenir reconnaissant... L'une d'entre elles, Jeanne Mardon, véritable titi parisien à plus de quatre-vingts ans, m'a confié en riant : « Je venais de chez Chanel où nous n'avions que des tabourets, alors que chez Vionnet on avait des chaises. Je me suis écriée : "Mais c'est le Ritz ici !" »

Dans le vaste et haut bâtiment de trois étages qui leur était entièrement réservé, les ouvrières pouvaient travailler dans le confort et la clarté. De plus elles bénéficiaient d'avantages tout à fait exceptionnels pour l'époque : soins médicaux, dentiste, réfectoire, bibliothèque et même une crèche. C'est aujourd'hui seulement que les grandes entreprises, pas toutes, décident enfin d'en ouvrir sur les lieux de travail !

En avance, Madeleine Vionnet ne l'a pas été que dans ses créations : elle était révolutionnaire dans le domaine social.

Pour écrire *La Chair de la robe*, publié en 1989, j'ai fait en sorte de rencontrer quelques ouvrières et vendeuses de chez Vionnet. Nombre d'entre elles m'avaient retrouvée grâce à mes livres et, vieillissantes, avaient pris le pli de m'écrire pour partager avec moi leur nostalgie. « C'est moi qui faisais vos petites robes plissées ! » me confia l'une d'elles. D'autres évoquèrent ma tenue de première communion, d'autres encore se rappelaient avoir travaillé sur ma robe de mariée : « Ce qu'il était beau, monsieur Servan-Schreiber ! Vous formiez un couple magnifique... »

Je sentais chez elles le regret d'avoir dû quitter la couture, la plupart du temps pour se marier, ou s'occuper de parents âgés, ou parce que les maisons qui les employaient fermaient. Certaines étaient parties d'elles-mêmes, par sécurité, on débauchait facilement dans ce métier, pour devenir fonctionnaires à la poste ou ailleurs.

Au temps de leurs années d'atelier elles étaient très jeunes, autour de vingt ans pour la plupart, et elles adoraient leur travail dont, à juste titre, elles étaient extrêmement fières. De plus, elles s'amusaient ! « On n'avait pas le droit de chanter mais on rigolait dès qu'on n'avait pas la première sur le dos... »

De vraies gamines et qui le restaient !

Je le découvris avec délices le jour où j'eus l'idée d'en rassembler plusieurs chez moi pour voir des photos, échanger des souvenirs et prendre le thé. Elles étaient une dizaine qui, ne s'étant pas lâchées, formaient un groupe. Elles arrivèrent presque toutes ensemble et s'agglutinèrent aussitôt sur le canapé, se serrant les unes contre les autres. Et de rire en évoquant des anecdotes, des incidents : « Et le jour où... ! »

Il y avait, entre autres, Denise Maillet, Lucienne Loyer, Jeanne Mardon, plus Antoinette et Kyra, anciens mannequins.

Et toutes m'ont répété : « Ce furent les meilleures années de notre vie ! », me confirmant à quel point, chez Madeleine Vionnet, elles avaient été bien traitées. Cela en dépit du fait que les règles d'alors les maintenaient dans une espèce de relégation.

Voici ce qu'en dit Jeanne Mardon, qui a travaillé chez ma marraine, puis chez ma mère quand celle-ci, plus tard, a monté sa propre maison.

*
* *

« Quel raffinement chez Madeleine Vionnet où j'ai été ouvrière ! Cela n'était pas vraiment de la couture, c'était de la poésie !

» Quand la maison a fermé, j'ai suivi votre maman. Je suis entrée chez elle lorsqu'elle a ouvert, en janvier 1940, et j'y suis restée deux ans.

» Au début les clientes étaient rares, elles étaient parties avec l'exode, puis peu à peu elles sont revenues. Mais c'était une autre époque, moins gaie pour tout le monde mais aussi pour la mode.

» Avant la guerre il y avait beaucoup de fêtes dans les maisons de couture, du moins jusqu'en 1930 et l'instauration de la sécurité sociale. À ce moment-là, les patrons ont décidé que c'était fini pour les fêtes, sauf pour celle de la Sainte-Catherine...

» J'ai organisé la dernière grande Sainte-Catherine chez Vionnet : toutes les filles étaient déguisées en grenadiers, j'avais copié une image de grenadier à la devanture d'un cinéma ! Madeleine Vionnet nous a offert une fête à tout casser à l'hôtel Continental...

» Une autre avait été présidée par Maurice Chevalier, à Luna Park en 1930. Comme c'était le centenaire de l'Algérie "française", nous étions déguisées en Arabes, on avait même Abdel Kader...

» Une autre année encore, l'un des ateliers avait fabriqué une ruche et inscrit dessus "Madeleine Vionnet". Les filles étaient toutes déguisées en abeilles. Ce qu'elles étaient mignonnes : ce sont elles qui ont eu le premier prix, cette année-là !

» Les ouvrières ne voyaient Madame Madeleine qu'à ces occasions-là. Elle était un peu grassouillette, mais cela lui allait bien, Madame Madeleine avait toujours été ronde...

– Et pour le travail, Jeanne, c'était comment ?

– Chez Vionnet, il y avait deux rayons, le rayon de Madame Madeleine et le rayon de Madame Marcelle, votre mère. Moi je faisais partie du rayon de Madame Marcelle.

» Avant j'avais travaillé chez Chanel et je n'ai jamais vu Mademoiselle Chanel, jamais,

jamais ! Elle n'arrivait pas en même temps que nous et c'était pareil pour la sortie... Madame Vionnet, je l'ai vue de près une seule fois : quand j'ai coiffé Sainte-Catherine...

» Lorsqu'elle a fêté ses cinquante ans de couture, elle nous a donné à toutes un billet de la Loterie nationale et personne n'a gagné ! Elle devait avoir soixante-deux ans, puisqu'elle avait commencé à douze ans. Moi j'ai commencé à quatorze ans, avec maman. Il fallait travailler : mon père était revenu très malade de la guerre de 14.

» Je suis devenue première main. Je n'ai jamais dessiné : je montais des toiles à partir des petits bouts de coton qui tenaient ensemble par trois épingles et que nous apportait Madame Lucienne, la première, de la part de votre mère qui les avait assemblés chez elle. C'est avec ces riens du tout qu'on faisait de grandes toiles que Madame Lucienne présentait ensuite à votre mère. Quel travail de précision ! Rien que pour faire une manche raglan ! Il faut mettre un soufflé ici, un soufflé là et si les crans ne sont pas à leur place, il n'y a qu'à tout remettre à plat et à recommencer...

» Quant aux clientes, les femmes pour qui on travaillait ne se souciaient guère de nous. D'ailleurs on ne les voyait quasi jamais... C'était la première qui s'en débrouillait, nous appelant uniquement si une modification délicate s'imposait, qu'il fallait "voir" sur la cliente. Une fois seulement je suis descendue au salon pour une cliente très difficile. À qui rien ne convenait.

» Est-ce parce que c'est un métier de femmes que nous étions si mal payées ? On travaillait pour des femmes et on était exploitées par des femmes, même si nos patronnes – Madame Vionnet et votre mère – étaient particulièrement sociales par rapport à ce qui se passait dans les autres maisons...

» La sortie des huit cent cinquante ouvrières avenue Montaigne, c'était comme une sortie d'usine ! Mais on ne nous respectait pas, le reste du personnel, les cadres nous regardaient à peine, on nous toisait... J'étais révoltée : si on n'était pas là, qui les leur ferait, leurs robes ? Nous étions de grandes techniciennes : il faut dix ans pour faire une première main, autant que pour faire un médecin.

» Ce qui me met en colère, c'est de penser que c'est si difficile, la couture, si peu payé et en même temps si peu considéré.

» Mais j'adorais mon métier... »

*
* *

Seules les premières d'atelier et leurs secondes allaient donc jusqu'aux salons et y rencontraient les clientes pour les essayages, une cérémonie à laquelle assistait la vendeuse et où se rendait parfois ma mère.

Mais pas Madeleine Vionnet !

Était-ce parce qu'elle avait suffisamment « trinqué » chez Callot, chez Doucet et dans sa première maison rue de Rivoli ? Avenue Montaigne, elle refusait de voir les clientes. Sauf quand il s'est agi de la reine de Roumanie, là elle n'a pu faire autrement... Pour les autres, elle disait à ma mère : « Allez-y Marcelle, vous savez superviser les essayages et vous aimez ça ! »

Un rôle capital et difficile dans lequel ma mère a toujours excellé.

L'ESSAYAGE

Debout devant la glace à trois faces, qu'elle soit dans de délicats dessous ou revêtue d'une superbe tenue en voie d'achèvement, la cliente est dans l'angoisse ! A-t-elle fait le bon choix ? Cette couleur l'embellit-elle ? La forme sied-elle à sa silhouette ? Le modèle était pourtant bien séduisant sur le mannequin...

C'est là qu'intervient la diplomatie des « habilleuses » et leur intelligence. Car il ne s'agit pas de faire accepter à une cliente – de lui « fourguer » – une tenue qui ne lui ira pas ou qu'à moitié : il faut rectifier les défauts du modèle à l'essayage et, sans l'exprimer, tenir compte de ceux du corps qu'on a la charge de mettre en valeur.

À la maison, ma tante, Gabrielle Chaumont, qui travaillait aussi chez Vionnet où elle assistait ma mère, avait la dent dure : « Mme X a grossi sur la dernière fois, il a fallu lâcher le gros grain de la taille sans qu'elle s'en aperçoive... Et la comtesse de Z ! Comme elle a une hanche plus haute que l'autre et que l'ouvrière n'en a pas tenu compte, c'est la jupe qu'on a accusée d'être bâtie de travers ! »

Tancée, l'ouvrière pinçait la bouche sans rien oser dire... C'était son rôle d'être mise en cause quand ça n'allait pas, afin d'épargner la cliente.

Ma mère ne suivait pas sa sœur sur ce terrain-là. Naturellement bienveillante, elle préférait s'émerveiller sur les qualités de chaque femme : « Quels beaux cheveux ! » disait-elle à l'une qui n'avait que ça. Ou à une autre guère plus favorisée par la nature : « Le noir sied à merveille à votre teint... »

Renforcée dans son narcissisme, l'inquiète se rassurait et devenait, effectivement, beaucoup plus ou presque belle. Sans doute était-ce la raison pour laquelle tant de clientes réclamaient Maman à ce qu'on pourrait appeler « leur chevet ».

Toutefois, étant donné la complexité de la coupe de la plupart des modèles, il arrivait que la première demande que l'ouvrière en charge vienne constater de visu ce qui n'allait pas et que des mots seuls ne parviendraient pas à lui expliquer.

Une arpète – de celles qu'on appelait « les rats de corridor » tant elles couraient toute la journée d'un bâtiment à l'autre – partait quérir l'ouvrière en charge qui arrivait au galop.

La première lui indiquait le défaut et ce qu'elle estimait faisable pour le rectifier – parfois il fallait reprendre un métrage de tissu et, malgré le coût, tout refaire. L'ouvrière n'ouvrait pas la bouche, par respect, se contentant d'acquiescer d'un signe de tête, et repartait la robe sur le bras. Toujours au galop.

On le sait dans le métier de la couture et Jeanne Mardon me l'a redit : il faut dix ans pour faire une bonne ouvrière, laquelle peut alors aspirer à devenir première main. Mais même formées, toutes ne seront pas « main fine ». Les qualités nécessaires pour exceller dans ce domaine sont considérables. Ma marraine m'a confié un jour : « Certaines, ne s'en jugeant pas capables, demandaient à rester seconde main. »

Précision du geste, bien sûr, mais aussi sens du tissu. Il s'agit d'une matière qu'on pourrait croire vivante tant elle obéit plus ou moins selon la façon dont elle est sollicitée, on pourrait même dire aimée. Pour son compte, Madeleine Vionnet précisait volontiers : « Aucun tissu ne m'a jamais résisté ! »

Apprivoiser du velours de laine, du jersey, du brocart, du lamé, du taffetas, quantité d'autres lainages ou soieries exige bien des dons, parmi lesquels celui d'allier la sensualité à la sûreté, à la rapidité, à l'enthousiasme et aussi à la malice – car on « triche » en couture et il le faut !

Une ouvrière s'enorgueillit à juste titre d'un travail dans lequel elle a mis tout son cœur et son savoir-faire. Or à l'époque, on avait la cruauté de leur refuser l'immense plaisir de voir « leur » robe portée par sa destinataire. Quand j'ai rencontré des anciennes, elles m'ont confié qu'elles allaient parfois, le soir, après le travail, se masser devant l'Opéra ou d'autres hauts lieux de réception pour avoir la chance d'apercevoir leurs chefs-d'œuvre en franchir le seuil...

Quelle élévation de cœur et d'esprit chez ces femmes d'origine modeste ! Pour avoir passé une grande partie de leur vie dans la proximité de matières précieuses et la dure discipline qu'exige leur maniement, la plupart se raffinaient.

Plus encore, j'en suis convaincue, que bien des clientes sur lesquelles les plus belles toilettes, mal portées, mal aimées, perdaient de leur éclat.

Ces robes se retrouvent aujourd'hui sur les mannequins du musée et sous nos yeux. Autant les miens que ceux des anciennes ouvrières qui m'ont fait la grâce de m'accompagner et qui me commentent leur travail : « Tout ce que vous voyez là, ces nervures, ces petits plis, ces fronces, ces jours, ces incrustations, nous devions les faire à la main. Il n'y avait pas de machines à coudre dans les ateliers... »

On pourrait imaginer qu'un artisanat aussi délicat et presque invisible laisse les non-initiés insensibles. Il n'en est rien : de ce travail fait main par des femmes enthousiastes et appliquées émane une grâce incomparable. C'est que, intouchées par la machine, les robes gardent la trace, on peut presque dire la chaleur, des mains qui les ont faites : elles sont toujours vivantes !

Et cela se voit...

LES CLIENTES

Étant donné l'importance de la maison Vionnet, la diversité de la clientèle y était extrême. Des baronnes de Rothschild à Marlène Dietrich, de la reine de Roumanie à la bégum Ali Khan, de Mmes Revel, Lillaz, Martinez de Hoz, Barret-Descaps, Simone Berriau, Cécile Sorel à des anonymes, il y avait de tout... Sur les fiches de commande, on trouve aussi : Mme Lazard, la comtesse de Chavignac, la comtesse de Contades, Mrs Harrisson Williams, Joan Crawford, Katharine Hepburn... Un répertoire « people » dont témoignent les belles photos de ces dames en Vionnet prises chez elles, aux courses, en promenade, à Deauville, à Nice, à Biarritz...

Avec un point commun : pour s'habiller chez Vionnet, ces femmes devaient payer très cher ! Un prix que valaient amplement ces chefs-d'œuvre vestimentaires entièrement faits main dans des matériaux d'une rare qualité, brodés et rebrodés...

Certes la maison faisait des bénéfices, mais lui permettre de tourner et salarier l'important personnel exigeait d'énormes rentrées : douze cents employés, dont une trentaine de mannequins à demeure.

De plus, deux fois par an, la préparation des nouvelles collections interrompait la vente à la clientèle et, quand les commandes étaient passées, leur exécution prenait beaucoup de temps. Au minimum trois essayages en présence de la vendeuse, de la première, parfois d'une ouvrière, toutes restant auprès de la cliente à s'occuper des ajustements et des recommencements indispensables à l'obtention de la perfection. La maison Vionnet ne pouvait se permettre de lésiner en rien, sans compter qu'une telle générosité, en temps comme en matériau, génère forcément du gâchis.

D'où le prix exigé.

Toutefois cette dépense ne représentait qu'un infime budget au regard de trains de vie alors considérables. Le seul souci de certaines femmes, pour le renouvellement chaque saison obligé de leur garde-robe, était de savoir à laquelle des grandes maisons elles donneraient leur préférence. À moins qu'elles n'en fréquentent plusieurs...

À côté des nantis, émergeaient de nouveaux riches pour qui il était vital de prendre rapidement rang dans la haute société. Presque avant de se meubler, leur premier geste était de précipiter leurs femmes, épouses ou autres, chez un grand couturier.

On avait l'habitude, chez Vionnet, de voir arriver des hommes traînant derrière eux une créature peu dégrossie qu'ils demandaient à la vendeuse en chef de bien vouloir « habiller ». C'est-à-dire la former à l'élégance en la conseillant dans ses choix et aussi dans la façon de les porter, selon les heures et les occasions.

Or les femmes, quel que soit leur milieu d'origine, ont pour la plupart une étonnante capacité d'adaptation : en un rien de temps la « godiche » se montrait capable d'égaler les vraies élégantes. Et les nouvelles venues n'étaient pas les moins exigeantes, me racontait ma mère, amusée. Bien au contraire elles se montraient redoutables, repérant la moindre imperfection, se livrant à des scènes déplaisantes sans se douter qu'à oser des caprices devant le personnel ou d'autres clientes – qui s'en gaussaient dans leur dos –, elles démontraient que porter de belles toilettes ne signifie pas pour autant qu'on a de la classe !

Les pires des clientes étaient celles qui avaient travaillé dans la couture avant leur ascension financière. Ainsi d'anciens mannequins. Ces superbes filles ayant fait en sorte d'être remarquées par un homme ou un autre, qu'ils aient accompagné leur épouse à la présentation de la collection ou arpenté solitairement le trottoir à la sortie du personnel, s'étaient laissé approcher et le reste avait suivi.

Il faut dire qu'à l'époque, pour les hommes, sortir avec un mannequin d'une grande maison de couture, c'était s'assurer d'éblouir le parterre...

Brèves liaisons qui parfois devenaient plus ! La vie d'Antoinette, le mannequin vedette de ma mère, en est un bel exemple. Cette rousse éclatante, grande pour ces années-là, s'était fait aborder par un « monsieur » sur le trottoir de l'avenue George-V alors qu'elle sortait de chez Marcelle Chaumont, la maison de couture que Maman avait créée en 1940. Compliments, échanges de civilités, elle se fait inviter à déjeuner, accepte, on se plaît, on se revoit... et Antoinette devient Mme Delort, épouse d'un richissime marchand de vins, qui divorce pour elle.

Leur bonheur a duré plus de cinquante ans et j'ai souvent revu Antoinette – décédée en 2008 à l'âge de quatre-vingt-quinze ans – dans sa magnifique maison de Barbizon, son appartement du quai d'Orsay ou sa villa de Cannes.

Un destin qui n'était pas exceptionnel : on connaît celui de Bettina, mannequin vedette chez Jacques Fath, qui conquit le cœur du prince Ali Khan, mort jeune dans un accident de voiture mais sans la laisser dans le besoin, loin de là...

La plupart de ces très jolies filles, qui avaient acquis de la classe, espéraient faire une rencontre qui les tirerait de leur milieu avant qu'elles soient contraintes à la retraite. Précoce dans ce métier où la jeunesse est l'atout primordial.

Un espoir qui les faisait se hausser du col, fût-ce pour avoir à l'avance l'air de ces « dames » qu'elles rêvaient d'être !

Et quand elles y étaient parvenues, rien ne leur plaisait mieux que de revenir parader là où elles avaient trimé. Et de défier leurs anciennes compagnes : « Approchez mon petit, ouvrez un peu votre manteau, encore, et pivotez que je puisse me rendre compte... »

Certaines, en revanche, étaient touchantes : des femmes de la petite bourgeoisie, des commerçantes, des actrices, qui faisaient des économies afin de pouvoir s'offrir une fois l'an, ou plus rarement encore, un modèle de haute couture. Celles-là n'étaient que timidité, contentement, gratitude. J'en ai retrouvé deux dans les années soixante : des sœurs tenant une petite confiserie rue de Chaillot, qui conservaient comme un trésor deux robes griffées Vionnet, les seules qu'elles aient jamais possédées. J'ai proposé de les leur racheter pour les mettre au musée, elles ont refusé : c'était leur bien le plus précieux !

À l'inverse, celles qui s'achetaient tous les modèles de la collection, quitte à ne pas les porter, n'y tenaient guère et se hâtaient de s'en débarrasser dès la saison passée. Certaines les donnaient à leurs femmes de chambre, lesquelles les revendaient à des soldeurs, et si quelques-unes de ces merveilles mal aimées ont été sauvées, Dieu sait ce que les autres sont devenues...

À la décharge des clientes, il faut dire que pour les élégantes de l'époque, s'habiller et rivaliser de raffinement était une occupation à plein temps, à renouveler sans cesse.

Et aux retombées multiples : « Combien d'étrangers, m'a dit Madeleine Vionnet, n'ont été mis en présence des richesses de nos industries que parce que leurs femmes ne voulaient s'habiller qu'à Paris ! Paris, le sanctuaire du goût et du raffinement. »

S'HABILLER HAUTE COUTURE

Les femmes qui venaient s'habiller chez Madeleine Vionnet, françaises ou étrangères, étaient d'une grande diversité, mais la façon dont elles s'y prenaient pour choisir des modèles, ne fût-ce qu'un seul, l'était tout autant...

Certaines, après avoir assisté à la collection – présentée chaque jour, ce qui aujourd'hui paraît inimaginable – exigeaient de revoir immédiatement les pièces qui leur avaient plu. Puis elles demandaient à en passer quelques-unes sur elles. Quitte à ne rien commander, arguant qu'elles devaient réfléchir, qu'elles reviendraient le lendemain, ou plus tard. Peut-être avec leur époux. Les vendeuses s'inclinaient, chez Vionnet les caprices des clientes étaient sacrés...

D'autres, en revanche, se décidaient d'un coup ! À peine le défilé achevé, elles donnaient leurs ordres à leur vendeuse restée à leur côté pour les renseigner : elles voulaient telle robe, tel tailleur, dans la même couleur ou une autre, dont on leur montrait l'échantillon. Puis la vendeuse leur proposait un jour d'essayage et, dès qu'il était fixé, ces dames repartaient en coup de vent rejoindre chauffeur et limousine qui les attendaient sous la voûte.

C'était les grandes clientes, celles auxquelles on concédait tout tant elles rapportaient à la maison.

Ainsi la princesse de Faucigny-Lucinge qui avait la fastueuse particularité de commander chaque saison l'entière collection ! Et pas seulement chez Vionnet. Pour lui épargner les essayages, les ateliers s'étaient fabriqué un mannequin à sa taille sur lequel on exécutait tous les modèles. Une première les lui apportait elle-même, prête à vérifier que tout allait bien ! Une seconde vendeuse de chez Vionnet m'a confirmé que la princesse, grande mondaine, ne mettrait qu'une fois ces somptuosités et que certaines, vu leur nombre, n'étaient même jamais portées...

Bien d'autres clientes commandaient plus de toilettes qu'elles n'en utiliseraient, contentes de les avoir dans leurs armoires. (Aujourd'hui encore beaucoup de femmes s'achètent bien plus de paires de chaussures ou de vêtements qu'elles n'en porteront. Accumulation qui les aide à lutter contre leur peur de manquer... Car la femme, dit Jacques Lacan, n'est pas « toute », mais aspire à l'être !)

Reste qu'il ne suffit pas d'avoir un vestiaire bien garni pour être élégante. Ce qu'il convient d'enfiler selon l'occasion, le temps et les gens que l'on doit rencontrer demande réflexion... Et il faut aussi se rappeler où et quand on a déjà porté ce tailleur ou cette robe, de peur de commettre l'impair de les remettre devant les mêmes personnes.

Une femme de chambre stylée était indispensable !

Non seulement elle veillait à ce que la garde-robe de madame soit constamment dans un parfait état, mais elle l'aidait à choisir judicieusement ce qui convenait pour tel ou tel jour. Ou plutôt pour telle ou telle heure, car une femme élégante se devait de changer de tenue au moins quatre fois dans la journée... Pour la promenade matinale au Bois ou ailleurs, pour le déjeuner en ville ou au restaurant, pour le thé ou le cocktail chez quelqu'un ou dans un bar, pour le dîner où qu'il ait lieu et éventuellement pour la soirée, gala, bal, théâtre...

Il fallait également adapter sa toilette pour se rendre chez le coiffeur – s'il ne venait pas à domicile –, chez la modiste, telle Caroline Reboux, chez le chausseur ou à un essayage ! Aussi chez le bijoutier...

Un constant travail qui demandait du goût et de la mémoire...

Ces dames se reposaient donc beaucoup sur leur femme de chambre, laquelle, entre deux changements, repassait leur lingerie afin qu'elle soit toujours impeccable. Maman me racontait qu'une de ces riches personnes se faisait enfiler ses bas de soie par sa soubrette, qui lui préparait aussi le contenu de son sac à main...

Il fallait également donner de son temps au choix des accessoires, chapeaux, fourrures, gants, bijoux, etc. Lesquels devaient être assortis à chaque tenue, donc différents !

Plaisir ? Sans doute, mais aussi casse-tête... Et quelle angoisse ! Car il s'agissait d'être la plus belle, c'est-à-dire la plus élégante dans la tenue la plus nouvelle en même temps que la mieux adaptée. La rivalité entre les femmes était serrée et le drame menaçant : erreur de choix, vêtement mal ajusté et – pis encore – la même robe sur deux femmes à la même réunion !

Les vendeuses tremblaient à l'idée qu'une erreur aussi monumentale puisse se produire et, pour l'éviter, s'informaient mutuellement des commandes passées par telle ou telle cliente... Quitte à dissuader l'une de son choix en lui révélant qu'une autre avait déjà pris le même modèle pour la même occasion...

Dure entreprise, à l'époque, qu'être élégante, même quand tout le personnel d'une grande maison de couture était à votre service !

*
* *

Que pensaient les ouvrières de la grande agitation – pour ne pas dire du « cirque »... – qui avait lieu dans les salons ? Elles avaient la sagesse de ne pas s'inquiéter de ce qu'allaient devenir les merveilles qu'elles avaient exécutées et parachevées avec tant de cœur. Une fois rassurées sur leur travail, leur première ayant donné son satisfecit, elles étaient contentes...

Heureuses, même : quelque chose en elles pressentait que leur activité touchait à l'art. « C'était si beau ce que nous faisions chez Vionnet ! » m'ont dit certaines. À raison : ces œuvres, rendues possibles par le talent des créatrices et l'insigne qualité des matériaux, ont survécu à leurs exécutantes. Comme aussi à leurs acheteuses ! Exposées dans les musées – à Marseille, à Lyon, à Limoges, à New York, à Paris – elles nous ravissent en même temps qu'elles nous renseignent sur ce que pouvait être, ce qu'a été, ce que ne sera peut-être plus jamais la haute couture. Un luxe perdu.

Les ouvrières de la haute couture, tout en travaillant pour l'éphémère, œuvraient pour l'Histoire.

*
* *

Quoique magnifiques, parfois uniques, ces robes n'ont pas toutes survécu. Beaucoup sont « mortes », maltraitées, mutilées par des ignares... Certaines robes du soir n'ont été que des robes d'un soir... D'autres ont attendu dans des malles, telle la Belle au bois dormant, qu'une main pieuse les en sorte et les aide à revivre... Les plus chanceuses ont été offertes aux divers musées de la mode par leurs créateurs ou par des femmes de goût qui ont su apprécier leur valeur d'œuvres d'art.

Après la fermeture de sa maison, Madeleine Vionnet a eu le flair et l'intelligence de donner aux musées des centaines de ses modèles. Jacques Griffe, qui travailla chez elle et après la fermeture de la maison devint son « presque fils », possédait plusieurs modèles de Vionnet. Il les a lui aussi légués aux musées, avec les siens.

Malheureusement ces « chiffons » qui nous servent de seconde peau se révèlent encore plus fragiles que la première : c'est à grands frais qu'on les conserve et qu'on les restaure. Telles des ailes de papillon présentées sous vitrine, ces robes sont prêtes à craquer dès qu'on les touche, brûlées par le métal des broderies... Or leur vue nous enchante comme à leur premier jour, peut-être plus encore d'être devenues intouchables !

Alors que les femmes qui les ont choisies, aimées, portées ont disparu, les fantômes de leurs robes les évoquent et les font revivre... Telles des fleurs séchées glissées entre les pages du grand livre de l'histoire de la mode.

UNE FEMME MYSTÈRE

Mais qui était Madeleine Vionnet ?

Son nom est célèbre dans le monde entier, toutefois sa personne garde son mystère. De son vivant, quand ses créations triomphaient au-delà des frontières, elle ne laissait rien paraître d'elle.

Admirée, renommée, elle aurait pu se montrer dans les lieux fréquentés par la haute société, théâtres, restaurants, champs de courses... Par choix, Vionnet demeurait à l'écart, voyait très peu de monde et même à ses plus proches ne se confiait pas.

Je n'ai appris qu'après son décès qu'elle avait eu une petite fille d'Émile Dépoutot, gardien de la paix, son premier mari. Jeanne

Yvonne était morte à neuf mois, alors qu'elle était confiée à un oncle, dans le Doubs, tandis que la jeune Madeleine travaillait à Paris. Quelle a été la souffrance de la mère et pourquoi n'a-t-elle pas conçu d'autre enfant ? Je ne l'ai pas su, on n'en parlait jamais.

Je voyais simplement que les seuls enfants auprès d'elle étaient ma sœur et moi. Une marraine fée, qui me gâtait, m'aimait, mais que je n'approchais que selon un strict protocole. C'est maintenant que je perçois et reconstitue l'étrange romanesque de sa vie, si longue et si féconde. En me reportant, entre autres, à mes souvenirs – qui vont de ma naissance à sa disparition – et aux nombreuses lettres qu'elle nous adressait, à moi, à ma mère, certaines à mon père. J'en ai rassemblé plus d'une centaine.

À travers les lignes de son infatigable écriture, si régulière, si bouclée qu'elle semble se refermer sur elle-même en occupant toute la page, je perçois une exceptionnelle énergie, un sens aigu du détail, de la précision, et jusqu'à ses derniers jours son constant désir de progression ; que ce soit pour elle ou pour ses proches et ceux, de tous âges, qu'il lui était donné de rencontrer. Voici une de ces missives, où elle me rappelle, non sans humour, mes premiers essais d'écriture !

3 bis, square antoine-arnauld, auteuil 36-17

Madeleine chérie, je te dois cette lettre. Premièrement pour te remercier des félicitations que tu m'as envoyées pour ma rosette, mais deuxièmement surtout, surtout pour une vraie joie, une vraie détente que tu m'as données aujourd'hui. Je range mon bureau, mes classeurs, et dans l'un d'eux qui porte la mention « lettres d'enfants », avec fautes et pâtés, j'en ai retrouvé une de toi dont je te donne copie plus loin et je souhaite que tous à la Sauterie vous y trouviez du plaisir. Elle n'est pas datée (et tu devais être toute petite, ta maman la situera dans le temps). Je ne peux que rendre le style et l'orthographe mais je te la montrerai un jour. Surtout ne t'imagine pas que j'en ai ri dans le sens de se moquer. Tu es assez grande pour comprendre, au contraire, le sentiment qui me fait t'écrire ce soir et te la rappeler. Voici.

Chère marraine,

Je suis très contente de le livre de chanson que vous ma vé a poreté je peu déjà joué des chansons et je sui déjà alé ala micarême et maman a di quelle vous en véré de fautos pasque nous nous faite fotogerafié moi et Simone dans notre beau costume javé une rob de 1830 (le 8 est oblique les trois autres chiffres droits) *et Simone et té en marquise et je vous emberas fore au revoire Madame.*

Madeleine

Dis-moi si ce n'est pas attendrissant, adorable de retrouver un peu de soleil dans des jours gris ! Il y avait aussi trois narrations de toi traitées en « grande personne ».

Merci chérie de m'avoir donné cette joie, tu ne peux imaginer à quel point elle était la bienvenue !

Je te prends dans mes bras et t'embrasse de toute ma tendresse

Marraine

*
* *

J'ai dû avoir fait quelques progrès quand elle m'écrit cette lettre-ci, où transparaissent toute sa tendresse et l'attention qu'elle nous portait.

3 bis, square antoine-arnauld, auteuil 36-17

Madeleine chérie, le soir je suis seule avec ta pensée, c'est le moment que j'attendais pour t'écrire et c'est pourquoi je n'ai pu le faire plutôt.

Tous mes compliments pour ta composition. Et cela, sans réserve. Ton style évoque des images. Si je savais dessiner j'en ferais un tableau, ou plutôt une série de petits tableaux... On voit très bien le Père Noël, la poupée fière de sa chaîne et le bon gros ours plus maladroit que méchant bien sûr et Nicole peureuse, sensible, un peu endolorie par son accident... et par la vie. Même pour les poupées il y a une destinée.

Je suis bien sûre que Simone et toi êtes tendres avec les vôtres. Autant que je me souvienne, je crois que c'est grand-mère le docteur en cas de maladie ?

Je ne peux pas vous dire à toutes deux tout ce que je pense de vous. Je ne le dois pas pour garder votre modestie intacte, mais j'ai le cœur plein, plein, de bonnes choses et le bout de la langue me brûle de devoir vous les taire.

Je les dis à votre maman, lisez-le dans ses yeux.

Je fais des vœux pour vos études, votre santé. Je fais même des rêves en vous embrassant de toute ma tendresse.

Bonnes Pâques !

Votre M. Vionnet

Bonne année à toi ma grande
fille et toute ma tendresse de mère
indulgente. Je te revois petite fille
en blanc, en communiante en blanc
et courte — presque une mariée
parce que grande — puis en
mariée, enfin toujours attendrie
par mes souvenirs.

Je crois à tes affectueuses
pensées, sœurs des miennes et
t'embrasse

Madeleine Vionnet

29-1-65.

C'est en habitant avec elle, l'été, dans sa maison située entre Bandol et Sanary, que je l'ai le plus approchée. Je garde un lumineux souvenir des quelques semaines de septembre qui nous réunissaient entre femmes, Vionnet, Maman, ma tante Gabrielle, ma sœur et moi. Grâce au climat méditerranéen, ces journées oisives rallongeaient les plaisirs de notre été limousin. La mer, encore tiède, était au bas du jardin en terrasses et l'on y accédait directement par un petit tunnel passant sous la route qui borde la côte. Bains, jeux de plage, cueillette des figues, virées à Bandol et Sanary, tout n'était que bonheur, calme et volupté...

Toutefois le voyage pour y parvenir avait été rude ! Maman, sa collection d'août terminée, venait nous chercher dans le Limousin où nous résidions avec ma grand-mère maternelle, la gouvernante et la petite chienne Sophie.

N'importe quelle séparation me fait souffrir – *Partir c'est mourir un peu*, chantait-on à l'époque – et je revois ma grand-mère, vêtue de noir, la petite chienne rac à ses côtés, nous dire au revoir son mouchoir en main. Quelle tristesse émanait d'elle et se communiquait à nous ! Mais le coin de l'allée de marronniers tourné, c'était le bonheur de l'aventure... Maman conduisait – contrairement à Madeleine Vionnet qui se faisait voiturer, en particulier par mon cousin germain Pierre Blessmann, qu'elle avait en quelque sorte adopté comme en témoignent ses lettres.

De Limoges à Sanary, le trajet par des routes départementales était si long que nous faisions étape à Nîmes. Amusement de coucher à l'hôtel sous des moustiquaires car la région était infestée. Auparavant il avait fallu longer les gorges du Tarn et bien que Maman fût bonne conductrice, craignant le précipice elle avait tendance à rouler à gauche, ce qui faisait pousser les hauts cris à ma tante qui lui servait de copilote.

Enfin, à un détour de la route, on apercevait « la grande bleue ». Là, immanquablement, nous nous arrêtions parmi les pins sur une aire de stationnement – qui existe toujours ! – pour nous recoiffer, nous laver le museau car l'arrivée était proche.

Une fois sur la côte, il ne fallait pas louper le petit chemin très en pente qui grimpait jusqu'à la Maison Blanche. Sans doute avertie par le bruit des pneus sur le gravier, Madeleine Vionnet était déjà au bas du perron, les bras grands ouverts, rayonnante... Elle redoutait de nous savoir sur la route, peut-être à raison, et nous voir débarquer saines et sauves était pour elle un bonheur autant qu'un soulagement.

En dépit du beau temps, elle n'était pas dans ce qu'on pouvait considérer comme une tenue d'été mais en chemisier et jupe-culotte, avec des chaussures à talons bottier... C'est ainsi vêtue qu'en fin d'après-midi elle nous accompagnait sur la plage, où elle n'entrait pas dans la mer et ne portait pas de maillot de bain...

Je n'ai jamais vu Madeleine Vionnet nue, ni demi-nue, ni même les bras à l'air... Pudeur, refus d'un corps qu'elle disait n'avoir jamais aimé ? « Je n'avais pas de cou, et j'aime les cous... J'étais trapue, et j'aime les femmes grandes... Je n'avais que mes mains ! » En tout cas, cette réserve renforçait à mes yeux d'enfant son incontestable autorité. Ma mère et ma tante lui disaient « madame », alors qu'elle les appelait par leur prénom ; ma sœur et moi, bien sûr, la vouvoyions.

*
* *

À cause de marraine Vionnet j'ai longtemps éprouvé un respect presque craintif pour toute femme d'âge – pas les hommes – qui pouvait me la rappeler. On allait me juger, peut-être me fustiger, et d'avance je me mettais au garde-à-vous ! C'est dire quelle influence Vionnet a eue sur moi, comme sur tous ceux qui ont pu l'approcher. On la vénérait, certes, mais avec un rien de crainte...

Il faut dire qu'elle se traitait elle-même sans complaisance, ce qui lui a permis de continuellement progresser, dans son art comme dans sa vie. Elle ne s'estimait pas outre mesure, elle semblait n'accorder de valeur qu'à ses robes, « mes beaux modèles » me disait-elle avec une infinie mélancolie. Serait-ce elle qui m'a appris à ne me juger qu'en fonction de mon « faire » ?

Et elle n'arrêtait pas ! De travailler, d'étudier, de s'intéresser aux choses de la vie...

À plus de quatre-vingts ans, ayant quitté la mode et l'enseignement de la couture, elle va se mettre au russe, au piano... Et les lettres qu'elle m'adresse abondent en conseils, en mises en garde, avec des compliments si elle trouve qu'il y a lieu : ainsi sur mes premiers articles dans *L'Express*, mes premiers romans...

Madeleine Vionnet était quelqu'un que je n'avais pas envie de décevoir, ni d'ailleurs d'épater – ce qui me paraissait impossible et devait l'être – mais que je souhaitais satisfaire. Obtenir un « C'est bien, tu peux continuer » de Marraine me récompensait de tous mes efforts. Et me sentir appréciée d'elle me donnait du courage.

*
* *

Ni ma mère ni marraine Vionnet ne dessinaient et elles ont utilisé quantité de dessinateurs – dont de célèbres, tels Thayaht et Gruau – pour reproduire leurs modèles, créer le logo et la typographie de la marque.

Ce qu'elles avaient en commun et qui expliquait la rapidité et la diversité de leur création, c'était leur coup d'œil. Il était imparable, prêt à rejeter dans le néant ce qui leur paraissait laid, vulgaire, mal fait, mal à propos.

Une qualité dont curieusement j'ai souffert !

En entrant dans la pièce où se trouvait Maman, je savais d'avance qu'elle allait poser sur moi un regard incisif pour juger de mon « paraître ». Alors que j'aurais tant voulu être aimée pour ce que j'étais, pour mon être. Et rien que pour lui !

À la longue je m'étais habituée à passer la « revue de détail », à m'y préparer.

Le coup d'œil de marraine Vionnet m'impressionnait un peu moins que celui de Maman car mes accompagnatrices m'avaient si bien astiquée avant mes visites chez elle que je sentais que rien, dans mon apparence, ne pouvait clocher ! De plus, sa réserve naturelle faisait qu'elle ne se permettait aucun reproche à l'égard de mon physique et de ma tenue. Mais elle n'en pensait pas moins et son regard disait tout.

Pendant mes études et mes années professionnelles, elle s'inquiétait tout autant de mes progrès, ce qu'elle appelait « me réaliser ».

Mes bonnes notes paraissaient lui convenir. Toutefois je sentais que Vionnet aurait voulu encore plus de moi... Quoi, exactement ?

Il faut dire qu'elle était d'une rare exigence, comme en témoignent ces paroles citées par l'Américaine Betty Kirke : « Que nous possédions du talent, que nous soyons riche ou chanceux, une vie réussie est faite du patient travail de chaque jour. Ce sont des marches d'escalier que nous montons tranquillement, en faisant une pause de temps à autre pour reprendre souffle et lancer un regard en arrière sur ce que nous avons accompli.

» Certaines personnes demeurent dans la plaine toute leur vie parce qu'elles sont trop indifférentes ou trop paresseuses...

» Personnellement j'ai toujours regardé vers l'avant et au-dessus de moi. Aujourd'hui je peux jouir du panorama de ma vie... »

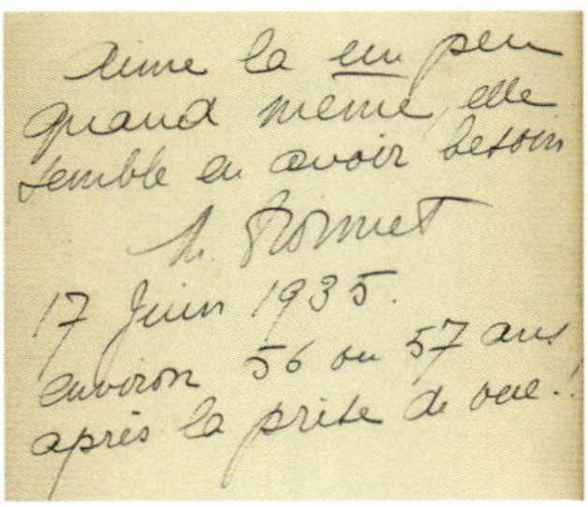

Quand Madeleine Vionnet m'envoie cette photo, je lis au dos : « Aime-la un peu quand même, elle semble en avoir besoin. ».

Elle est droite comme un défi dans la mode corsetée qu'elle va rejeter !

Sous le haut turban qui la grandit, son regard est déterminé : il scrute, il juge, il reconstruit !

Le regard est toujours intense, mais on y lit désormais une certaine douleur…

C'est la grande patronne ! Sûre de son art et de son pouvoir.

En la drapant dans son rouge, son ami, le laquiste Dunand, a fixé à la fois sa gloire et sa féminité.

Elle a près de cent ans et ne quitte plus sa chaise longue d'où elle continue à me faire tendrement la leçon : « Est-ce que tu te réalises ? »

Le sigle de la maison est dessiné par Thayaht. Tout ce qui fait Vionnet s'y trouve : le rouge, l'or, le noir, et les Champs-Élysées !

L'excellent jus du parfum Vionnet était présenté dans des flacons qui sont des chefs-d'œuvre de sobriété et d'élégance.

Porté par son mannequin Sonia, l'un des célèbres modèles créés chez Vionnet par Marcelle Chaumont.

Ajuster un ourlet dans le biais, rien de plus difficile.

En blouse de travail, les ouvrières de l'un des vingt-six ateliers de chez Vionnet.

Les ateliers : un bâtiment clair et fonctionnel. Avec médecin, dentiste, crèche, réfectoire et, luxe rare en couture, des chaises !

J'ai pu réunir chez moi quelques « anciennes ». Elles évoquent leurs années chez Vionnet, qu'elles appellent leurs « années bonheur »...

À la Sainte-Catherine les ouvrières peuvent approcher Madeleine Vionnet. Groupées autour de leur patronne, elles se sont taillé des costumes de grenadiers !

L'un des salons – celui des fourrures – décorés par les maîtres de l'Art déco, Georges de Feure, Chanut, Lalique.

Chez elle, la duchesse de Gramont dans un modèle de Vionnet.

ROBE AUX PETITS CHEVAUX (1921)
Sur un dessin de Thayaht, la célèbre robe en crêpe rouge dite « aux petits chevaux ». Incrustée de perles noires et bleues avec filé or, elle fut reprise sur les frises du grand salon.

ROBE QUATRE MOUCHOIRS (1920)
En crêpe ivoire, ses quatre panneaux carrés sont droit fil, les coutures dans le biais. Un magistral chef-d'œuvre d'architecture.

ROBE PÉTALES (1921)
Baptisée « Essuie-plumes » par les ateliers, sur un biais de mousseline noire, une floraison de pétales de mousseline noire, verte et violette, manches et ceinture en satin noir. Un rêve de peintre impressionniste...

ROBE ROSE (1938)
Créée par ma mère, une robe du soir en mousseline rose taillée dans le biais. Sous un haut majestueux – le corsage est entièrement brodé de strass –, un corps impalpable !

ROBE AUX ÉTOILES (1937)
Sur une mousseline ivoire taillée dans le biais s'incruste une pluie d'étoiles en chantilly bleu marine. Ma mère, qui l'avait créée, l'a portée.

« La copie, c'est le vol ! »
Madeleine Vionnet exige qu'on dessine et photographie tous ses modèles. Documents précieux !

En tout cas, c'est sans doute à la rigueur silencieuse de ses « examens de passage » que je dois de n'avoir jamais été intimidée, jeune journaliste, en interviewant pour *L'Express* les plus grands écrivains, Mauriac, Malraux, Sartre, Giono, Breton, Bataille et tant d'autres. Je n'ai pas eu le trac non plus en rencontrant Pierre Mendès France ou en allant voir François Mitterrand à l'Élysée... Avoir été dans l'intimité de Madeleine Vionnet, si grande dame et en même temps si forte, m'a marquée : aucun « maître » ne pouvait plus m'impressionner.

D'OÙ VENAIT MADELEINE VIONNET ?

Ce que je sais d'elle, je l'ai appris de sa bouche mais aussi par les écrits de chercheurs qui ne l'ont jamais rencontrée. Certains, comme Sophie Dalloz qui vit dans le Jura, ont travaillé sur sa biographie jusqu'à reconstituer sa généalogie. Elle l'a en quelque sorte exhumée. C'est d'ailleurs grâce à Sophie, qui m'y a amicalement guidée, que j'ai pu me rendre sur la tombe de ma marraine à La Chassagne. N'ayant pas été prévenue à temps de son décès, je n'étais pas à son enterrement, qu'elle avait désiré discret, comme tout le reste de sa vie. On en parla bien peu dans les journaux.

Je remercie ceux et celles qui, sans avoir eu comme moi la chance de sauter sur ses genoux, se sont mis à l'aimer au point d'œuvrer pour la faire vivre et revivre.

D'où certaines précisions que la « taiseuse » avait omis de me raconter et qui m'ont permis de mieux envisager son exceptionnel parcours du quasi-néant à la gloire.

Madeleine Marie Valentine Vionnet, fille de Jean Baptiste Abel Vionnet et de Marie Rosalie Henriette Gardembois, est née le jeudi 22 juin 1876 à Chilleurs-aux-Bois, dans le Loiret, où ses parents résidaient du fait de la mutation d'Abel, alors gendarme.

Sa mère a vingt et un ans, son père vingt-neuf. Abel Vionnet, père de Madeleine, était né à La Chassagne, dans le Jura, et c'est là qu'est sa sépulture – il est décédé le 22 juillet 1922 –, dans le petit cimetière autour de l'église où Madeleine le rejoindra en 1975 après sa longue vie de quasi-centenaire.

Ma marraine ne me donnait guère de détails sur son père, elle se contentait de m'en parler avec une grande émotion et l'appelait « papa-la-tendresse ». Heureusement l'état civil est plus prolixe : Abel mesurait un mètre soixante-dix, plutôt grand pour l'époque, il avait les yeux gris comme sa fille, des cheveux châtains comme elle. Avant son départ pour l'armée il est maréchal-ferrant. Démobilisé il devient gendarme à cheval, se marie une première fois et divorce quand la petite Madeleine a trois ans... On confie ma marraine à sa grand-mère, qui habite Joigny, et elle a sept ans quand son père vient la reprendre pour l'emmener vivre avec lui à Aubervilliers.

Marraine Vionnet ne tenait pas à s'étendre sur ses premières années et je n'ai compris sa détresse d'enfant laissée par sa mère qu'en rêvant sur la photo de la toute petite fille qu'elle m'a offerte avec, au dos, une dédicace bien mélancolique : « Aime-la, elle semble en avoir besoin... » Ses minuscules jambes battant l'air, l'enfant est assise en hauteur et plisse les yeux comme on serre les poings. Pour ne pas pleurer ? Ne pas voir que sa mère est partie, les abandonnant son père et elle ?

Quelles ont pu être les raisons de la séparation des époux Vionnet ? Abel, nommé receveur d'octroi à l'une des portes de Paris, s'est installé avec sa femme à Aubervilliers, 8 rue de Landry. La belle Marie-Rosalie Gardembois, caissière puis gérante dans l'un des plus grands cafés de Paris, y rencontre un autre homme qui lui offre sans doute une existence plus brillante. En tout cas elle s'envole avec lui et ne va plus donner de ses nouvelles. Cette mère si tôt absente était fille d'un sabotier et d'une couturière ; elle-même, au moment de son mariage avec Abel, est dite « ouvrière en mode ».

Il y a donc de la couture dans l'ascendance de Madeleine Vionnet, ce qui n'a rien de particulier : je l'ai constaté après avoir publié *La Chair de la robe.* Si elles ne l'ont pas été elles-mêmes, la plupart des femmes de cette époque ont dans leur famille une couturière, qu'elle ait exercé en maison ou chez elle. Longtemps la couture a été le grand métier des femmes. Même si elles vivaient à la campagne, cet artisanat de la beauté et de l'élégance leur permettait de se hisser au-dessus de la médiocrité quotidienne ; aussi de rencontrer des femmes d'un milieu supérieur au leur. Sans compter qu'elles pouvaient ainsi travailler à la maison et y assumer leur tâche de ménagère et de mère.

En plus des couturières, dans l'ascendance jurassienne de Madeleine Vionnet on trouve des sabotiers. À commencer par son grand-père paternel. Ces habiles artisans, confectionneurs de « souliers de bois » alors indispensables dans les campagnes, présidaient seuls à la chaîne entière des opérations. Ils choisissaient eux-mêmes l'arbre dans lequel ils allaient tailler chaque paire de sabots. Puis, après prise de mesures et essayages, ils les ajustaient aux pieds de chacun de leurs clients.

On fait de même en couture où l'on choisit une étoffe parmi quantité d'autres, avant de prendre des mesures, essayer et rectifier la première ébauche du vêtement sur le corps des clientes...

Le métier de sabotier peut être considéré comme un métier d'habilleur et l'on est tenté d'en conclure que Madeleine Vionnet l'avait dans le sang, même si elle a prétendu n'être devenue couturière que « par hasard ».

Et par contrainte : pour se plier à la volonté de son père !

C'est peut-être la seule fois où Madeleine Vionnet, encore trop petite pour résister, a cédé à l'autorité d'un homme ! Plus tard, à tous ceux avec lesquels il lui sera donné de collaborer ou qui entreront pour un temps dans sa vie, elle imposera sa loi.

Celle de l'intelligence et d'un sens presque divinatoire de ce que va être l'avenir.

LA COUTURIÈRE DE LA COURNEUVE

« Comment je suis devenue couturière ? m'a raconté marraine Vionnet. C'est une drôle d'histoire, presque un ratage : j'avais eu mon certificat d'études à dix ans et demi et je devais avoir le prix d'excellence, la maîtresse m'avait dit : “Cette année, c'est toi qui l'as mérité !” Là-dessus elle va voir mon père pour lui dire que je suis douée pour les études et qu'il faut que je reste à l'école, qu'elle m'aura une bourse ; ainsi cela ne lui coûtera rien que je continue d'étudier.

» Papa a répondu : “Oui, si vous voulez !” J'étais contente. Seulement il avait un ami, le garde champêtre avec lequel il jouait un peu à la manille et au piquet, et dont la femme, Mme Bourgueil, était couturière à La Courneuve. Elle est intervenue et elle a dit à papa : “C'est très bien de faire des études mais, si elle continue, à vingt ans votre fille ne gagnera toujours rien. Il faudra l'habiller, il y aura des frais. Moi j'ai besoin d'une apprentie, une petite qui pourra vite être couturière, et si vous ne me donnez pas la vôtre tout de suite, j'en prends une autre !” Papa a un peu résisté, puis il s'est laissé convaincre. Que j'ai pleuré ! On m'a retirée de l'école à Pâques et mon prix d'excellence, je ne l'ai pas eu. Je sens encore l'acuité de ce chagrin-là !

– Et l'apprentissage, Marraine ?

– Nous les apprenties, on était en atelier douze heures par jour, avec le ménage, les commissions, remplir le poêle à bois... On faisait un peu de tout.

– Et les vacances ?

– Il n'y en avait pas. Au contraire : entre Pâques et la Pentecôte, on travaillait le dimanche... mais on avait droit à des gâteaux ! Reste que Mme Bourgueil m'a empêchée de m'instruire et je lui en ai voulu. Mais plus tard je me suis dit que si j'étais devenue professeur, comme j'en rêvais, je n'aurais peut-être pas été meilleure qu'une autre. Tandis qu'en apprentissage j'ai développé mes mains, j'ai toujours été adroite mais mes mains le sont devenues plus encore. Elles ont acquis une valeur, elles me précédaient ! »

Et de les étendre et les considérer encore une fois, ces mains prodigieuses...

Mais pour arriver à en avoir la maîtrise, il fallut que la petite fille trime dur et encaisse bien des déboires. On était avant 1900 et les lois sociales ne protégeaient guère le travail, surtout pas celui des femmes, encore moins celui des ouvrières de la couture. Quant aux apprenties, elles n'existaient pas, leur rude et modeste labeur n'était pas respecté.

« Une fois, reprend ma marraine, on a eu deux jumelles à habiller : un corsage identique à faire à chacune. Les deux corsages ont été prêts en même temps et le mien était aussi bien que l'autre... Mais l'ouvrière a reçu trois francs et moi, pour avoir fait le même ouvrage, je n'ai eu que dix sous ! Cela m'a vexée pour toujours... Papa ne me les a jamais demandés, ces dix sous, d'ailleurs il me laissait ceux que je gagnais par jour. »

Vexée pour toujours mais définitivement sensibilisée à la condition des ouvrières en couture : devenue patronne, Madeleine Vionnet s'est occupée à sans cesse améliorer les conditions de travail des siennes. Puis, quand elle a été à la retraite, elle a participé avec diligence aux activités de la Chambre syndicale de la haute couture pour former les jeunes filles qui voulaient entrer en atelier et les aider à trouver des débouchés.

C'est avec respect, un peu de crainte mais aussi beaucoup d'affection qu'on la surnommait la « grande patronne » !

L'ENVOL

Marraine Vionnet, je l'ai dit, avait mis au monde une petite fille, qui était morte à l'âge de neuf mois. Madeleine, qui avait alors dix-huit ans, résidait à Paris avec son mari, Émile Dépoutot. Peu l'ont su, moi-même ne l'ayant découvert qu'après sa disparition.

Quelques années plus tard le couple divorce et Madeleine part pour Londres. Pour quelle raison se sépare-t-elle d'Émile ? La trompait-il, avait-elle fait une autre rencontre ou ne le trouvait-elle pas à la hauteur de ses ambitions ?

Quoi qu'il en soit, Madeleine reprend son nom de jeune fille, Vionnet, et s'embarque pour l'Angleterre.

À Londres, elle trouve à s'embaucher dans une maison de santé, à Virginia Waters, en fait un asile de fous, où elle est lingère. Ce détail a son importance : le linge – chemises, combinaisons, jupons, dessous – c'est ce qui se fait de plus souple dans l'habillement féminin et ce qui est le plus près de la peau.

Madeleine Vionnet va s'en inspirer. Certes elle était indépendante de goût et de caractère depuis son plus jeune âge – son exil en Angleterre le confirme – mais travailler en lingerie lui donne l'envie de libérer ce corps des femmes, jusque-là emprisonné dans un « emballage » lourd et peu commode. Corsets, baleines, caracos, jupes aux chevilles, nombreux jupons... Avant même le célèbre Paul Poiret, elle décide de s'y attaquer.

Pour y parvenir, elle doit gagner la liberté de créer à sa guise : être maîtresse chez elle. Tous ceux qui ont du nouveau à exprimer ont dû lutter pour se débarrasser de la tradition et des codes que leur imposaient leurs aînés...

Ce que va faire Madeleine Vionnet. Rapidement première d'atelier – elle avait le sens du commandement, une autorité naturelle, l'exigence de la perfection –, la jeune femme est embauchée par la maison Paquin.

Jeanne Paquin avait ouvert une maison de couture à Paris, rue de la Paix, et transféré son siège à Londres, Dover street. Madeleine y dirige un atelier de douze personnes puis est engagée par une couturière anglaise, Kate Reilly. Laquelle lui demande de se rendre régulièrement à Paris y acheter des modèles nouveaux.

C'est ainsi que la jeune femme fait la connaissance des sœurs Callot, grandes couturières de l'époque. Elle se fait vite remarquer, en plus elle parle désormais l'anglais, un atout face aux clientes étrangères, et on l'embauche. Fin de l'expérience londonienne : la voici de nouveau à Paris, la capitale de la mode qui va devenir son fief incontesté.

*
* *

Mais pour réussir il faut des soutiens – financiers pour commencer – et être en accord avec l'époque : ce qu'on appelle arriver « au bon moment » !

Chez Callot, Madeleine rencontre des clientes prestigieuses telles la duchesse de Gramont, Mme Vanderbilt, Mme Astor. Des femmes à l'élégance sûre, à l'extrême richesse, qui exigent le meilleur, mais restent dans la tradition vestimentaire. Viennent aussi s'habiller celles par lesquelles Vionnet va tout de suite se faire reconnaître et sur qui elle va pouvoir s'appuyer – moralement et financièrement –, les « femmes libres » de l'époque...

Ce sont des actrices, telles Réjane ou Lantelme, mais aussi des courtisanes de haut vol, Liane de Pougy, Ève Lavallière... Libres par leurs mœurs, leurs façons de penser, ces femmes intelligentes éprouvent le besoin d'également libérer leurs corps. En le dévoilant.

Madeleine Vionnet va répondre à leur désir : « Je voulais faire des robes souples, n'entravant pas le mouvement, laissant le corps respirer, montrer ses formes... »

Les tout premiers modèles créés par la jeune Madeleine Vionnet ne sont pas loin de ressembler à des chemises ! Des robes sacs, sans corset. L'un de ses modèles de l'époque, constitué de simples rectangles de tissu assemblés, s'appelait « la robe aux mouchoirs » ! Il fallait un certain culot, une exceptionnelle liberté d'esprit pour imposer ce « déshabillage » à une clientèle aristocratique et bourgeoise, traditionnellement pudique et guindée.

Amusons-nous : plus d'un siècle après, la tendance « chemise » de Vionnet resurgit et gagne la partie : la mode est aux combinaisons portées par-dessus le jean !

*
* *

« Chez Callot, m'a dit ma marraine, je m'habillais pour moi mais je faisais surtout ce que Madame Callot me demandait d'exécuter pour sa maison... Quand je suis entrée chez Doucet, Monsieur Doucet m'a dit : “Faites une jeune maison Doucet dans la vieille maison Doucet ! Faites ce que vous voulez..." J'étais très contente et j'ai créé des robes à ma façon. Mais quand passaient mes mannequins – j'en avais deux –, les vieilles vendeuses disaient à leurs clientes : "Je vous demande pardon, madame, mais celle-là, nous n'en parlerons pas !"

» J'en vendais peu mais j'en ai fait une pour Lantelme en 1910, elle jouait *Le Costaud des Épinettes* de Tristan Bernard au Vaudeville. Elle était belle, très belle. Petite, pas plus grande que moi, un peu grasse mais magnifique. Regarde sa coiffure sur cette photo qu'elle m'a dédicacée : c'est déjà comme aujourd'hui !

» Remarque, la nouveauté ne plaisait pas d'emblée à tous. Je me souviens d'un couturier que j'avais connu en Angleterre, il était l'ami d'un des mannequins et il m'a dit : "Est-ce que cela vous est égal que je vienne voir le défilé ? Vous savez, ce n'est pas pour acheter, c'est parce que vos robes me font rigoler. C'est comme si j'allais aux Quat'z'Arts ! Cela m'amuse..." Il était plus âgé que moi, il doit être mort, mais il a dû savoir que j'avais réussi, avec mes robes qu'il trouvait rigolotes ! »

*
* *

En effet, en dépit de ces hommes et femmes dont le métier était de satisfaire une clientèle restée traditionnelle, bientôt ces excentricités se vendent et se portent.

Très vite, elles se font remarquer, admirer, jalouser... Cette fois la révolution Vionnet est en marche...

Et c'est afin de pouvoir librement poursuivre son œuvre futuriste que la jeune créatrice, critiquée chez Doucet, décide de fonder une maison à son nom.

Tout commence par une dispute avec Doucet, dont Madeleine Vionnet, à quatre-vingt-quatorze ans, gardait le souvenir intact.

« J'avais fait pour Lantelme une robe en satin noir, droit fil avec des traits blancs. Une première jupe allait aux chevilles. Là-dessus j'avais mis une chemise blanche dans un tissu plus fin, avec un grand col blanc qui sortait et terminée par un volant qui dépassait. Sur le tout, une chemise noire comme la jupe. Quand cette robe est sortie, toutes les vendeuses ont dit à Monsieur Doucet : “Avec ça, une femme a l’air d’avoir sa chemise qui dépasse... Enfin, monsieur, vous n’allez pas montrer cela dans votre maison !”

» J’ai fait venir une femme en qui j’avais confiance, qui avait du goût, et je lui ai demandé si elle porterait cette robe-là, elle m’a dit : “Non, Madeleine, je ne la mettrais pas !” J’étais ébranlée... Là-dessus, il s’est trouvé des clientes pour la commander : la robe est partie toute seule, sans être patronnée ! Aussi quand Monsieur Doucet, poussé par ses vendeuses, m’a dit : “Cette robe-là, il faut l’enlever”, j’ai répondu : “Je veux bien l’enlever, mais moi je m’enlèverai aussi !” Je comprenais qu’il ne voulait pas d’embêtements avec son personnel, et j’avais déjà un pied dehors !

– Et vous êtes partie ?

– C’est Lantelme – Geneviève Mathilde Fossey – qui a fini de me décider. Elle m’a dit : “Vous devez quitter Doucet et travailler chez vous. Je vais vous présenter à Edwards." Ils étaient mariés et il était patron du *Matin*, un grand quotidien. Il me fallait huit cent mille francs pour m'installer et Alfred Charles Edwards m'a proposé : "Trouvez quatre cent mille francs et je vous donne le reste !" J'ai dit "bon".

» Tous deux sont partis en croisière sur le Rhin, où malheureusement Lantelme s'est noyée. On a raconté qu'il l'enfermait dans une petite chambre quand il quittait le bateau, qu'elle a voulu aller retrouver ses amis, qu'elle s'est aventurée sur un bord du bateau et qu'elle est tombée... On ne s'en est aperçu qu'au matin.

– Et M. Edwards vous a lâchée ?

– Je me suis retrouvée sans personne, sans un franc, sans rien !

» Comme j'avais bien l'intention de m'en aller de chez Doucet, je me suis dit : "Il me faut de l'argent !" Je n'ai trouvé que trois cent mille francs, dont cent mille étaient à moi, mes économies plus des pourcentages sur les modèles que j'avais créés pour Doucet. C'est ainsi que j'ai pu monter ma petite affaire de la rue de Rivoli. »

*
* *

Une petite affaire qui allait devenir la plus grande maison de couture du monde : la Maison Madeleine Vionnet. On était en 1912. Dès le début, ma mère était à ses côtés.

MA MÈRE

Aux environs de 1910, ma grand-mère maternelle quitta un mari trop violent pour « monter » à Paris avec ses enfants. Marguerite, l'aînée, est engagée chez Pathé où elle colorie à la main des pellicules pour le cinéma. Ma mère entre dans les ateliers de Madeleine Vionnet qui vient d'ouvrir sa maison au premier étage du 222 rue de Rivoli.

C'est là que ces deux femmes vont se trouver, s'apprécier – et ne plus se quitter ! Dès l'ouverture de la maison, en 1912, elles se stimulent mutuellement, chacune apprenant quelque chose de l'autre, dans un élan enthousiaste qui va transformer ce que signifiait alors la couture.

Pourtant, à son arrivée, Maman, qui avait quinze ans de moins que Madeleine Vionnet, n'était que seconde main. Elle et Marraine m'ont raconté maintes fois l'histoire de son ascension.

Un jour, Madeleine Vionnet demande à ses premières de lui proposer des modèles de leur cru. Aucune ne s'y prête, sauf ma mère, qui est un rang au-dessous... Peut-être n'a-t-elle pas directement accès à Madeleine Vionnet, ou est-ce par timidité, mais c'est sa première qui montre à sa place ses essais à la patronne. Laquelle s'enthousiasme et lui demande de continuer. Incapable de s'exécuter, la première révèle alors que les modèles ne sont pas d'elle mais de sa seconde, Marcelle Chaumont.

Aussitôt, Madeleine Vionnet demande à celle qu'elle appellera toujours « Marcelle » de quitter les ateliers pour concevoir des modèles auprès d'elle. Pour devenir en somme sa collaboratrice.

Pendant deux ans, elles vont de conserve travailler à l'essor de la maison du 222 rue de Rivoli.

Mais éclate la guerre de 1914. Madeleine Vionnet part pour l'Italie et ferme sa maison. Pas complètement, semble-t-il, car il existerait des modèles datés de 1917. Qui tenait alors l'affaire ? Peut-être ma mère... Son frère, Charles Chaumont, était sur le front ; gazé, il finit par mourir en 1919. Maman avait à charge sa mère et sa jeune sœur. Sombre période que celle de la Grande Guerre. Si on ne l'a pas évoquée devant moi, sans doute était-ce pour ne pas raviver l'inconsolable chagrin de ma grand-mère. Mais j'en conclus que ma mère n'a pas pu se permettre de lâcher son travail et si, ces années-là, la maison Vionnet a subsisté à bas bruit, ce dut être en partie grâce à elle.

D'où sa montée en grade dès la réouverture : elle allait concevoir la moitié des modèles de la collection.

*
* *

À peine la guerre est-elle finie qu'explosent les années folles. Tout doit être nouveau : la décoration, la littérature, les arts, les mœurs, et bien entendu la mode !

La maison Vionnet, qui était à l'avant-garde de la couture, fonctionne si fort qu'il devient indispensable de déménager.

Madeleine Vionnet se met à la recherche d'un espace extraordinaire pour être en phase avec l'époque. Il lui faut un cadre d'un luxe incomparable pour attirer et recevoir les femmes les plus élégantes, les plus riches et les plus illustres du monde entier.

C'est grâce à des commanditaires, tels M. Martinez de Hoz, M. Lillaz, propriétaire du Bazar de l'Hôtel de Ville, et M. Bader, propriétaire des Galeries Lafayette, qu'elle le trouve ! En 1922 la maison Vionnet quitte la rue de Rivoli pour s'installer au 50 avenue Montaigne, dans un vaste hôtel particulier, celui des comtes de Lariboisière.

Ma mère est toujours là, moi pas encore...

Ma mère avait trente-quatre ans quand elle se retrouva enceinte de moi. Jusque-là, Maman n'avait pas pris le temps d'avoir un enfant, se consacrant entièrement à sa carrière de modéliste. La haute couture est exigeante, et Maman, passionnée par son métier, ne voyait pas le temps passer... Ma grand-mère, pour sa part, assez mécontente de cette grossesse, aurait dit à propos de mon père, magistrat à la Cour des comptes : « On ne fait pas d'enfant à une femme comme ça ! » Elle entendait par là : « à une si grande artiste ». Dieu sait pourtant si elle m'a aimée par la suite...

Mais il est vrai que Maman avait tout sacrifié à son art. Elle avait appris à coudre chez les sœurs d'Eymoutiers, en Haute-Vienne, mais contrairement à sa plus jeune sœur, Gabrielle, ma mère n'était pas bonne ouvrière : rien qu'enfiler une aiguille lui coûtait... En revanche, toute petite, elle excellait déjà dans la création de modèles. Ses premiers mannequins furent ses poupées, puis ses sœurs, sa mère et surtout elle-même.

Et elle avait des mains prodigieuses, tout comme celles de Marraine, auxquelles celle-ci vouait une reconnaissance permanente.

Madeleine Vionnet allait avoir dix-huit ans quand il lui est venu d'étendre ses mains devant elle. Ses mains qui avaient déjà tant travaillé et qui étaient devenues si habiles : « Mais j'ai des mains ! » s'est-elle exclamée.

La jeune fille venait de prendre conscience qu'au cours de ces années ingrates, elle s'était forgé un prodigieux outil de travail. Et de création.

Quand à la fin de sa vie elle refait le geste devant moi, c'est comme si elle me les tendait, ces mains prodigieuses ! Émue, je les prends entre les miennes. Elles sont restées fines, extraordinairement souples, d'une couleur maintenant ivoire et presque diaphanes.

Mais comme elles sont présentes ! « Mes mains pensent », lui arrive-t-il de dire, car elle avait aussi le talent des formules profondes autant que poétiques.

Presque centenaire, elle ne quitte pratiquement plus sa chaise longue ou son lit mais ses mains continuent leur vie active : elles touchent, caressent, saisissent ce qui est à leur portée, un bibelot, un fruit... Chiffonnent le tissu de sa liseuse, un coin de sa couverture pour me montrer ce dont elle me parle : le biais, une nervure, une fronce, un ourlet roulotté...

Vionnet pouvait aussi s'enorgueillir de savoir tout faire, dans un vêtement, du patron à l'ourlet. Maman préférait créer, inventer sans cesse, apporter du nouveau, des robes plus romantiques – très appréciées après la pureté rigoureuse des années vingt. Une source de rivalité qui aurait pu avoir raison de l'attachement mutuel des deux créatrices, lesquelles surent – après quelques difficultés – éviter le piège.

*
* *

Longtemps, Maman ne fut pour moi qu'une apparition lointaine, et d'autant plus vénérée.

Pourtant, dès ma mise au monde, elle avait réussi à concilier ses deux amours – la couture et sa fille – et s'était arrangée pour les mener de front. Décidée à me nourrir au sein, elle rentrait toutes les trois heures pour m'allaiter, puis retournait travailler avenue Montaigne. Mais le reste du temps, si je fus bercée, chantonnée, ce ne fut pas par elle mais par ma grand-mère, Marie Chaumont, qui vivait avec nous.

Dieu que je la trouvais belle, Maman, et elle l'était ! Embaumant le parfum Vionnet, éblouissante dans ses robes du soir moulantes et décolletées, elle se penchait sur mon lit pour m'embrasser avant de sortir avec mon père. Le matin, elle dormait encore dans sa chambre entièrement tapissée de satin blanc, aux meubles gainés de parchemin, lorsque je partais pour le cours Fénelon dans mon manteau de ratine marine à boutons dorés, main dans la main de la miss. Et tard le soir, quand elle n'avait pas de « sortie », elle travaillait...

Je ne la voyais vraiment que le dimanche et, après sa collection d'août, pendant ses trop brèves vacances qui n'étaient alors que fête...

À Paris, elle nous emmenait parfois, ma sœur et moi, déjeuner en compagnie de quelques amis dans des endroits somptueux tels que le restaurant du Pré Catelan ou celui de l'hôtel Trianon, à Versailles.

Là aussi, nous n'arrivions qu'en grande tenue griffée Vionnet.

Il y eut également un luxueux séjour au Grand Hôtel, à Biarritz où la maison Vionnet ouvrait une succursale pendant l'été. Je me revois dans l'une des suites de ce qui fut un grand palace – désormais vendu en appartements. Une série de photos y fut prise, me rappelant des souvenirs si délicieux que je crois presque les avoir rêvés... Ainsi ceux où je me vois descendant l'escalier de pierre qui mène à la plage, ma menotte dans la main de Maman... Quel bonheur que ces jours-là : personne avec nous, pas de gouvernante, ma petite sœur n'est pas née, je suis seule avec ma si précieuse mère.

Rares et inoubliables instants !

*
* *

Puis ma sœur est née, et, plus tard, Maman a divorcé, mon père étant paraît-il un peu trop volage. Elle a regretté ce divorce par la suite : s'il fallait quitter tous les hommes volages de la terre, il ne resterait plus beaucoup de maris. Moi, cette séparation a bouleversé ma vie. Mon père m'a manqué... mais pas la joie que j'éprouvais, le soir, quand Maman, revenue de l'avenue Montaigne, nous prenait tour à tour sur ses genoux, ma sœur et moi... Je me rappelle que j'aimais tenir l'une de ses mains si belles et souples entre les miennes, jouer avec sa bague, m'amuser à écailler son vernis à ongles... Il émanait un fluide de ses mains, comme de celles de marraine Vionnet. Si elles n'étaient pas habiles aux travaux de petite couture, elles jonglaient naturellement, admirablement, aussi bien avec des boules, des anneaux, que des osselets, envoyant le diabolo plus haut que les toits et le rattrapant sans faute...

Ma mère était très âgée et déjà dans un autre monde quand le musée Galliera, qui préparait une exposition sur la haute couture d'après-guerre, me demanda de leur prêter le petit mannequin de bois articulé, jumeau de celui de Madeleine Vionnet, sur lequel Marcelle Chaumont avait créé tant de modèles. « Ce serait mieux, me dit la conservatrice, s'il pouvait y avoir dessus une toile comme celles que préparait votre mère, la nuit, pour les rapporter au matin à ses ateliers. »

Pour avoir vu faire Maman, je savais ce qui lui convenait : je partis acheter de la toile de coton, pris des épingles, des ciseaux et me rendis à son chevet, avec le mannequin. « Maman, peux-tu me faire une toile, ce que tu voudras... » « Non, me répondit-elle, c'est fini, je ne sais plus, je ne veux plus... »

Or, en même temps qu'elle refusait, ses mains – les mains « qui pensent » – se sont mises toutes seules à couper le tissu, à en épingler des morceaux et à créer un modèle sur le mannequin.

Lequel a été exposé et maintenant reste chez moi, revêtu de sa toile.

Tous les artistes, peintres, sculpteurs, musiciens, de même que les chirurgiens, les masseurs, les relieurs, les cuisiniers, tous ceux qui s'en servent sans compter ont « des mains qui pensent », des mains qui exécutent l'œuvre comme en dehors d'eux.

Inspirées par ce qui domine tout ce que nous sommes : l'esprit.

« LE CORPS DES FEMMES N'A PAS DE COUTURES »

Madeleine Vionnet avait cette particularité de créer ses modèles sur un mannequin en bois de palissandre, articulé et fiché sur un socle.

Avait-elle hérité le goût de travailler sur du bois de ses ancêtres, les sabotiers jurassiens ? Ou, pour créer ses modèles, lui fallait-il avoir sous les doigts la représentation d'un corps féminin ?

Mettre en valeur la beauté corporelle des femmes a été son obsession première. Alors que le puritanisme et l'anti-féminisme refusaient ce corps, Vionnet révolutionne la mode en le donnant à voir : chacun de ses modèles dévoile et souligne les formes grâce à des lignes pures et par l'utilisation du biais. La technique du biais consiste à prendre le tissu dans son sens diagonal, ce qui a pour effet de le coller au corps : quand l'étoffe est légère, soie, satin, mousseline, celui-ci apparaît comme presque nu dans sa beauté première. « Le corps humain n'a pas de coutures », disait-elle. Ses modèles, purs et drapés telles les toges grecques, en ont peu.

Alors qu'elle a été mariée deux fois, on a voulu s'interroger sur les mœurs de Madeleine Vionnet : aimait-elle les femmes ? Première remarque : la plupart de nos grands couturiers étant homosexuels, il semble que pour mettre son génie à habiller les femmes, il est préférable de ne pas avoir envie de les déshabiller...

Les sentiments qu'elle éprouva pour son premier mari, je les ignore. En revanche son amie Liane de Pougy, princesse Ghika par son mariage, parle ainsi, dans une lettre, de son « beau mari russe », le second : « Grand, mince, élégant, l'air vaincu, buté, mécontent. Il malmène Madeleine, la trompe, la ruine. Elle, elle l'aime tout simplement et trouve naturel de tout souffrir, de tout pardonner... »

Ce que je peux dire en tout cas, c'est que je n'ai jamais senti Madeleine Vionnet troublée par un être féminin quel qu'il soit. Je ne l'ai jamais vue caresser un cou, prendre une main... Elle demeurait à distance, concentrée dans son seul regard, comme d'ailleurs l'était ma mère. Quand ces grandes couturières détaillaient une femme on eût dit qu'elles ne voyaient que son allure, son style et si elle savait tirer le meilleur parti de ses atouts. Sinon, elles comptaient l'y aider...

À mon sens, ce qui a propulsé Madeleine Vionnet vers les sommets de la couture, c'était moins l'amour des femmes que son désir personnel de revanche.

D'une exceptionnelle intelligence, première en classe, la petite fille se sentait le besoin de se développer et de s'affirmer par l'étude. On s'est ligué pour le lui interdire et on l'a cantonnée dans le métier alors peu prisé de couturière. Quelle n'est pas sa déception, mais aussi une rage qui va longtemps demeurer souterraine ! Est-ce parce qu'elle est femme qu'on l'exclut du monde du savoir ? Elle va démontrer de quoi elle est capable et dès son premier atelier, elle s'acharne pour faire d'un métier, à l'époque jugé inférieur, l'instrument de sa victoire.

*
* *

Madeleine Vionnet s'est aussi attaquée à ce qui empêchait les femmes de disposer librement de leur corps : sous ses robes collantes point de corsets ni le plus souvent de soutien-gorge... On peut penser qu'il s'agit là d'une révolution minime, or rien n'est plus faux : la façon la plus sûre d'entraver une femme, c'est l'habillement. Où aller, comment vaquer à ses affaires, exercer un métier quand on porte vertugadins, crinolines, corsets, triples jupons, grands chapeaux, voilettes, bottines, gants boutonnés ?

Bien sûr, Vionnet n'a pas inventé le jean ni incité les femmes à se promener en costume unisexe, comme on le fera plus tard, mais en libérant le corps, elle les mettait sur le chemin de l'émancipation et de l'égalité. Or à l'époque les femmes n'étaient aucunement émancipées ! Avant le droit de vote, la pilule, la loi sur l'avortement et bien d'autres décrets et améliorations contribuant à leur accorder des droits égaux à ceux des hommes, leur condition différait selon leur milieu, certes. Mais qu'elles fussent exploitées, telles les ouvrières, ou bien oisives, cloîtrées chez elles ou allant de fêtes en fêtes, elles étaient soumises aux hommes. C'étaient eux qui dominaient, au travail, à la maison, et qui votaient des lois en leur faveur à eux, au Parlement...

Être étiquetée « femme libre » était dépréciatif – alors qu'être dit « homme libre » sonnait comme un hommage. Il fallait la protection d'un homme, époux ou amant, pour que ces personnes au comportement jugé hardi puissent prendre rang dans la « bonne » société. Ou bien qu'elles soient suprêmement riches, l'argent faisant tout admettre et pardonner !

Les grandes clientes de Vionnet, pour la plupart, n'étaient pas des « femmes libres ». Elles demeuraient soumises aux hommes. Si à l'âge de vingt ans elles exprimaient le désir de se lancer dans une profession ou un art quels qu'ils fussent, la famille poussait les hauts cris. Ce fut le cas pour une de mes tantes, privée d'études, dont le père, mon grand-père paternel, était sénateur et ministre. L'important, c'était de les bien marier. Alors elles seraient comblées. On les jucherait sur un piédestal afin qu'on puisse les contempler, les admirer, les copier. Du temps de Vionnet, qu'elles soient belles ou non, on les disait « élégantes », « chics », « chiquissimes ». On les qualifiait de « femmes du monde », une catégorie qui n'existe plus : aujourd'hui on appelle nos idoles des « people », ce qui signifie « peuple », et n'importe qui, de n'importe quelle origine, quels que soient son allure ou son emploi, peut être propulsé au top.

Ledit « monde » s'est élargi : autrefois il s'agissait d'un cercle extrêmement réduit ne comprenant que quelques centaines de personnes, lesquelles étaient censées dominer les autres par le pouvoir et l'argent. Ou par leurs titres aristocratiques. Il s'agissait essentiellement d'hommes, et pour appartenir au « monde », une femme devait être l'épouse, la veuve, la sœur ou l'héritière de l'un de ces hommes-là.

Dans une maison de couture, quand on traitait une cliente avec grand respect, ce n'était pas en fonction de qui elle était réellement mais de l'homme dont elle portait le nom ou par qui elle était recommandée. D'autant plus que c'était lui le payeur.

Certes on prétendait ne pas tenir compte de cette dépendance et quand monsieur accompagnait madame, c'était à elle, et non à lui, qu'allaient les hommages. Un peu comme on câline des enfants – ou des chiens – dont les parents – ou les maîtres – ont de l'importance...

Toute petite, j'avais conscience que les femmes, dans de telles conditions, même les grosses clientes, ne pouvaient être que des êtres secondaires. Bien sûr, on s'inclinait devant elles, mais par-derrière que de critiques ! On leur trouvait une infinité de défauts. Les uns physiques : trop forte, les jambes de travers, mal coiffée, mal lavée (ce que Chanel reprochait à presque toutes celles qui l'approchaient, surtout vers la fin de sa vie...). Les autres comportementaux : mal polie, autoritaire, toujours en retard, menteuse, « embijoutée », sans goût...

Des reproches que je n'ai jamais entendus appliqués aux hommes qui les accompagnaient ou qui faisaient partie des proches de ma mère et de marraine Vionnet, qu'ils soient artistes, banquiers, députés ou ministres.

Ces dames devaient ressentir que les femmes appartenaient à un deuxième sexe : elles n'avaient pas le droit de vote, de faire des chèques, d'exercer l'autorité parentale, etc. Elles étaient bien des êtres secondaires qui n'existaient qu'à travers l'homme.

D'où la nécessité pour chacune de se faire valoir par son apparence et son habillement. Chanel disait : « Une femme doit commencer par montrer sur elle-même de quoi elle est capable... » Née en province, en Auvergne, elle s'était fait emmener à Paris par des hommes qui l'avaient remarquée grâce à ses mises excentriques dérivées de la mode masculine.

Pour une femme, l'une des meilleures façons d'afficher son intelligence ou son talent était de défier ce qu'on reconnaissait comme étant « le bon goût ».

De grands couturiers se firent un nom par leur excentricité, telle l'Italienne Elsa Schiaparelli dont le chapeau en forme de chaussure produisit l'effet du pavillon noir des pirates : un pied de nez au « monde » qu'elle s'apprêtait à prendre à l'abordage ! Chanel, devenue styliste, choqua par ses « pyjamas » et ses vêtements à la garçonne.

Madeleine Vionnet, sûre de sa supériorité en tant que créatrice, s'imposa non par le scandale, mais par un paroxysme de perfection et de raffinement. « Égalez-moi si vous le pouvez ! » semblait-elle lancer avec chacun de ses modèles.

En couture, personne ne parvint à la surpasser.

Mais elle n'était pas « du monde », pas plus que ma mère. Ces dames étaient « à côté », en attendant que la postérité finisse par les déclarer « au-dessus »...

À l'époque cependant, il ne faut pas s'y tromper, les femmes du monde ne les considéraient pas comme leurs égales. Maman et Marraine allaient au théâtre, fréquentaient des artistes, dînaient – surtout Maman – dans les grands restaurants, mais elles n'étaient pas reçues dans la haute société.

Madeleine Vionnet, pour sa part, invitait pourtant de nombreuses personnalités dans la petite salle à manger installée au premier étage de la maison de couture. Un chef de cuisine y servait des plats raffinés à des hommes politiques de haut rang, jusqu'au président du Conseil – on ne disait pas Premier ministre –, ainsi qu'à des peintres, sculpteurs ou architectes de renom. Seuls ou avec leurs épouses, venues voir la collection tandis que leurs maris – ou les célibataires – s'attardaient sur les courbes prometteuses des mannequins. Les artistes, souvent, « rendaient l'invitation », pas les grands bourgeois.

Et quand certaines baronnes de Rothschild conviaient ma mère chez elles pour prendre le thé, c'était un jour où il n'y aurait qu'elle !

Madeleine Vionnet n'avait cure de cet ostracisme. De toute façon, elle se refusait aux mondanités, par goût, par mépris peut-être, fréquentant surtout des « créateurs », des dessinateurs, des peintres, des décorateurs, le laquiste Dunand.

Devenue âgée, sans famille proche, marraine Vionnet voyait surtout d'anciennes ouvrières – dont certaines qu'elle n'avait pas rencontrées du temps où elles travaillaient pour elle – avec qui elle pouvait « parler couture ». Elle aimait également voir ma mère et sa sœur Gabrielle, et aussi Jacques Griffe qui avait dirigé l'atelier tailleur chez Vionnet et – il me l'a dit – qu'elle n'avait connu qu'après la fermeture de la maison, quand il a ouvert la sienne, pendant la guerre.

Bref, pour une femme qui se voulait du monde, travailler n'était pas du tout « chic », à l'époque. Seules les artistes, comédiennes et cantatrices, pouvaient se le permettre sans déchoir.

*

* *

Et pourtant la haute couture était du grand art et rendait la vie plus belle. Il suffisait d'y participer du regard ! On n'est pas obligé de posséder la beauté pour en jouir, sinon il faudrait s'acheter tous les monuments et musées du monde.

Il n'empêche que ma mère me disait souvent : « Surtout ne travaille pas dans la couture, c'est trop dur ! » Elle n'a jamais permis que je tienne une aiguille : je ne sais ni coudre un bouton, ni faire un ourlet, encore moins couper un patron... Pourtant ma grand-mère, ainsi que sa dernière fille, ma tante Gabrielle, cousaient admirablement – toutes deux ayant appris comme elle chez les sœurs d'Eymoutiers. Madeleine Vionnet, quant à elle, était une experte : sur plusieurs photos on voit la grande patronne ouvrage en main, lunettes sur le nez, toute à son affaire !

Si je me suis retrouvée infirme sur le plan manuel, j'ai été propulsée par ma mère vers les études, les langues, la danse, le piano, quelques sports, natation, golf, équitation... Et je me suis « réalisée », comme le souhaitait ma marraine, dans le journalisme et l'écriture.

Mais pour ce qui est de « coudre », je ne sais pas. Maman, elle, s'y refusait : seule la création l'intéressait.

S'insurgeait-elle ainsi, inconsciemment, contre une activité qui, à son sens, entretenait les femmes dans une sorte de soumission ?

Si tel est le cas, je pense qu'elle avait tort, car pour beaucoup de ces femmes, à l'époque, ce fut au contraire une façon d'être plus libres. De gagner leur vie tout en restant chez elles – je l'ai dit –, échappant ainsi à l'usine ou au travail des champs... J'en ai connu plusieurs : des femmes discrètes, admirables, capables de répéter rien qu'à partir d'une photo n'importe quel modèle de haute couture. Leur exigence de perfection pour les finitions comme pour les essayages surpassant souvent celle des ateliers.

Alors que j'étais jeune mariée, l'une vivait au-dessus de notre appartement parisien, dans une chambre du sixième sans ascenseur, étouffante l'été, et n'arrêtait pas : il m'arrivait d'entendre le bruit incessant de sa machine à coudre... Une autre se rendait chez ma belle-mère afin d'exécuter des tailleurs, des manteaux, des robes pour elle et ses trois filles.

Une autre encore, Mme Lacouche, travaillait chez elle, dans son petit village limousin de Bujaleuf, et elle reproduisait pour ma mère certains éléments de sa garde-robe. Une quatrième, à Saintes, Mlle Bergès, désormais à la retraite, a habillé la seconde femme de mon père, ma tante, moi-même, avec un savoir-faire considérable.

Ces femmes travaillaient sans relâche, s'usant les doigts, les yeux, mais pas la bonne humeur : elles avaient toujours le sourire et un bonheur rayonnant à nous voir porter leurs œuvres et se dire qu'elles avaient contribué à nous embellir...

Pas une seconde elles ne se considéraient comme des exploitées soumises aux aléas d'un travail mal payé, mais au contraire comme des femmes heureuses d'exercer leur métier comme elles le voulaient : n'avaient-elles pas la chance insigne de travailler sans patron, à leurs heures ? Et l'orgueil légitime de rendre la rue belle ? Car la rue était belle, à l'époque, et les robes des « petites couturières » égayaient le printemps parisien.

La confection européenne et asiatique rend

aujourd'hui leur activité individuelle moins indispensable ; celles qui continuent ne sont plus des couturières à façon mais des femmes qui se mettent à plusieurs pour fonder une petite entreprise où elles réparent, rapiècent, transforment des vêtements « encore bons » comme l'on dit. Mais la rue n'est plus ce qu'elle était alors : un parterre et un concours d'élégance !

*
* *

Chaque fois que j'interroge une amie, une lectrice, une journaliste sur son ascendance, il est rare qu'elle ne me dise pas : « Ma grand-mère, ou ma mère, ou ma tante était dans la couture. »

Que leurs proches aient œuvré en ateliers, chez elles ou dans des boutiques, les filles s'enorgueillissent de cette ascendance ! Car être ou avoir été « dans la couture », c'est s'être placée du côté du raffinement, du bel ouvrage, en somme de l'art...

La haute couture en représente un des fleurons. D'où ma fierté d'en faire partie.

MAIS OÙ SONT LES SPLENDEURS D'ANTAN ?

Il y avait ce magnifique hôtel particulier du 50 avenue Montaigne. On en a conservé la façade, mais l'intérieur est devenu une galerie marchande... Il y avait ces femmes sublimes – les mannequins –, et ces femmes sublimées – les clientes – par le génie de deux créatrices et la passion laborieuse de centaines d'ouvrières. Il y avait des ateliers tels qu'on n'en voit plus aujourd'hui, peuplés d'artisans qui étaient des artistes, et jonchés de matériaux qui, à eux seuls, faisaient rêver...

Comme dans la plupart des maisons de la haute couture, il existait chez Vionnet plusieurs sortes d'ateliers, chacun se consacrant à une tâche différente. Les plus importants, totalement distincts, étaient l'atelier du flou et l'atelier tailleur. Les ouvrières du « flou » avaient tendance à se considérer comme supérieures ! Il faut dire que travailler dans le biais, exécuter les nervures, les fronces, les volants, les ourlets roulottés, les surjets et bien d'autres tâches qu'exige une robe du matin ou du soir, relève de la plus haute technicité.

Pour ce qui est des tailleurs et des manteaux faits dans des tissus lourds et réclamant des lignes strictes – masculines ! –, on estimait que mieux valait un homme à la tête de l'atelier, même si les ouvrières étaient des femmes. C'est ainsi que Charles Montaigne dirigea l'atelier tailleur où travailla Jacques Griffe. Excellent ouvrier, Griffe pouvait exécuter entièrement un modèle, depuis la coupe jusqu'aux dernières finitions. Il était aussi doué pour la création et, après la fermeture de la maison Vionnet, à son retour d'un camp de prisonniers, en 1941, il ouvrit la sienne rue Royale où il fit merveille ; en particulier auprès des clientes américaines.

De son côté, en 1940, quand ma mère ouvrit sa propre maison au 19 avenue George-V – nous y reviendrons –, elle prit comme tailleur le tout jeune Pierre Cardin qui fit ses débuts chez elle, comme il aime à me le rappeler. C'est l'un des traits de ce grand métier que les couturiers, comme d'ailleurs les peintres, ne renient jamais leurs premiers maîtres. S'ils les ont dépassés en réputation et en gloire, ils n'oublient pas pour autant de leur rendre hommage. La couture progresse par transmission et initiation.

Cette spécialisation des ateliers allait loin. Il y avait aussi ce qu'on nommait « l'atelier des chichis » : on y confectionnait les multiples garnitures qu'inventait Madeleine Vionnet. Ce pouvait être des ganses, des entre-deux, et surtout ce qu'elle appelait « mes petites roses » dont elle m'a donné, si je puis dire, la recette.

Sur mes photos de première communiante, on peut apercevoir la guirlande qui retient mon voile blanc : elle est entièrement composée de ces « roses Vionnet ». Je possède aussi un double rectangle de tissu vert pomme qu'a porté ma mère : de haut en bas les coutures de côtés sont ornées de ces fameuses petites roses roulottées.

Ces enroulés, comme bien d'autres garnitures – broderies, nœuds divers –, donnent une touche de féminité à des modèles par ailleurs si géométriques qu'ils en paraissent sévères. Inspirés par l'art alors régnant – l'« Art déco » –, ils semblent tracés au compas. Ce que démontrent à l'évidence les savants patrons qui en subsistent. Leur dessin peut être très rigoureux, mais aussi très concret, comme pour la robe aux dragons et la très célèbre « robe aux petits chevaux ». Au départ chacun d'eux est comme une toile de fond sur laquelle la célèbre couturière va créer un véritable tableau. « Je ne fais pas de la mode, disait-elle, je fais des harmonies. »

Mais pour la réalisation, quelle virtuosité il fallait ! Les ateliers, à cet égard, fourmillaient de petits génies. J'en ai souvent parlé avec François Lesage, le fils de Yoyo et Jacques Lesage, fondateurs de la maison qui porte leur nom. De grands artistes dans leur métier, qui faisaient exécuter par leurs ateliers la plupart du travail de broderie qu'exigeaient les modèles.

François, qui continue avec maîtrise à « broder » la haute couture actuelle, communie avec moi dans le souvenir du « grand vieux temps ».

« Tout était beaucoup plus compliqué que ce qui se fait maintenant, me dit-il, ne fût-ce que parce que les éléments de broderie étaient infiniment plus petits. Te rends-tu compte de ce que c'est que d'appliquer une par une à l'aiguille sur un tissu presque impalpable des milliers de petites perles, des paillettes qu'il faut des lunettes grossissantes pour percevoir ? On n'a plus le temps – cela reviendrait trop cher – ni la main-d'œuvre, laquelle n'aurait pas la patience... »

Vionnet m'a confirmé cet abandon d'un travail dont ne veulent plus les femmes d'aujourd'hui – tant mieux pour elles, tant pis pour le sublime de la couture !

*
* *

« La couture d'autrefois, la mienne, me racontait Madeleine Vionnet en 1974, nous la faisions comme un artisanat, on prenait tout son temps, ce qui est impossible aujourd'hui parce que le temps est cher et que confectionner un seul de nos anciens modèles demanderait trop de travail... Le matériau non plus n'est plus le même : maintenant le textile a des points de tissage spéciaux pour remplacer ce que nous faisions à la main dans l'uni. Les petits plis, les nervures, les jours – tout ce qui faisait nos robes ! Tu te rappelles, toi... Tu étais petite, mais tu l'as vu, que ce soit sur moi ou sur ta mère... Et sur toi ! Eh bien ça n'existe plus !

» Autrefois, on ne travaillait pas pareil le haut et le bas afin que la jupe s'évase... Désormais le travail est fait au mètre sur des tissus fabriqués que les couturiers utilisent comme ils sont : la femme est habillée avec les mêmes dessins aussi bien en haut qu'en bas... Ce n'est plus la même couture : la façon est autre. »

J'ai gardé l'une des robes de Maman faite chez Vionnet. Au premier regard, on ne voit qu'un très fin tissu, un peu jauni, constellé de minuscules perles de la grosseur d'une tête d'épingle. Si on la prend en main, quelle surprise ! Elle pèse lourd, très lourd : ce n'est pas le tissu, c'est cet amas dégradé d'éléments de broderie... Le poids de tant d'heures de travail dans l'amour du métier.

*
* *

Un autre atelier, lequel exigeait pas mal de personnel et nécessitait un travail de précision, était celui de l'emballage. Des personnes entraînées avaient pour mission d'introduire dans des cartons, en évitant le moindre faux pli, les modèles juste sortis du repassage. Je ne sais si les ouvrières participaient à l'installation de leur dernier-cousu dans d'immenses cartons gris pâle mais j'ai pu voir à la maison quel monceau de papier de soie représentait cette mise en boîte ! Nombreux coussinets roulés dans les manches, sous les cols et les jupes afin qu'aucune partie du vêtement ne soit en contact avec une autre, ce qui aurait pu la froisser...

Les voitures de livraison excipaient du rang de la maison : de petites camionnettes, elles aussi gris pâle, dont les chauffeurs étaient vêtus de livrées qui, telle celle du concierge, provenaient d'un grand faiseur.

Au moindre appel d'une cliente qui se disait insatisfaite, la camionnette s'empressait de reprendre la livraison pour la rapporter en hâte aux ateliers. Mieux encore, elle conduisait sur place une première et son ouvrière, qui couraient corriger le défaut dont la femme se plaignait. À tort ou à raison...

De ces nécessités, sources éventuelles de tracas, je n'étais pas directement témoin : elles m'étaient toutefois transmises par le perpétuel dialogue, souvent vif, qu'échangeaient ma mère et ma tante à la maison.

Plus tard, Jacques Griffe, à qui j'allais souvent rendre visite dans la maison de Cély-en-Bière où il s'était retiré, devenu l'un des derniers témoins de la maison Vionnet, me confiait ce qu'il considérait comme l'incoercible loi d'une maison de couture : « Avant toute chose, il s'agit de donner satisfaction. C'était mon désir et mon métier. » Comme il en était pour ma mère et pour marraine Vionnet.

Et pour quelques clientes difficiles, combien de femmes éblouies – même les plus blasées –, quand elles découvraient le trésor qu'on leur apportait ! Qualité des étiquettes, des liens extérieurs et intérieurs : plus que d'un emballage, il s'agissait d'un écrin.

Qui dévoilait d'abord, avant que le vêtement ne pare la silhouette féminine, la magie des tissus les plus rares.

*
* *

Chez Vionnet, on ne voulait avoir affaire qu'au meilleur et au plus beau, l'or et l'argent, les pierres dures, le bois précieux, les couleurs rares, la laine vierge... Madeleine Vionnet exigeait de ses fournisseurs non seulement l'exceptionnel mais l'inédit ! Certains lainiers, certains soyeux ont créé à sa demande des matières qui n'existaient pas jusqu'alors. Des jerseys de soie, des lamés or et argent dans des mesures plus larges qu'à l'ordinaire et nécessaires à ses biais.

Un grand admirateur de Vionnet, le créateur japonais Issey Miyake, est dans sa lignée : il se fait fabriquer des fibres nouvelles qui lui permettent d'initier des créations uniques.

Le tissu a toujours été le grand souci des couturiers. Chanel, pour ses tailleurs, commandait en Grande-Bretagne des tweeds sans équivalent. C'était le tissu qui inspirait le plus souvent Christian Dior : il s'en faisait apporter des rouleaux à même le sol de son studio, m'a raconté son bras droit Marguerite Carré. Il en déroulait sans les couper quelques mètres et les drapait sur son mannequin. Selon le tombé, le toucher, l'apparence du tissu, il concevait alors une forme.

Quand ils prennent en main un modèle Vionnet, les conservateurs des musées de la mode me disent qu'ils sont frappés par la qualité du tissu : sa souplesse, sa résistance, et la persistance des coloris, qu'il s'agisse de lainages ou de mousselines. M'enchante aussi la vue des petits échantillons épinglés sur chaque page des carnets de dessins où sont représentés les modèles qu'a créés ma mère chez Vionnet : l'épingle est rouillée mais le tissu demeure intact ! Un matériau d'une telle qualité qu'on se l'arracherait s'il se fabriquait à nouveau aujourd'hui...

Assembler et garnir de telles étoffes exigeait du fil, des passementeries, des broderies, de la fourrure, du cuir, tout aussi exceptionnels.

Sans compter un détail souvent primordial : le bouton ! Qu'ils soient en corozo, en bakélite, en ivoire, en nacre, en cuir, en écaille, émaillés, en métal, en verre, en miroir, en plastique, en passementerie, les boutons de la haute couture sont de petits chefs-d'œuvre. J'en possède quelques exemplaires qui vaudraient d'être exposés !

Quant aux somptueuses paires de chaussures à talons, dorées, découpées, d'un gabarit exceptionnel, elles ont été créées par la maison Netch et Frater que Madeleine Vionnet avait fondée pour « occuper » son jeune mari russe : Dimitri Netchvolodoff, dit « Netch » ou le « Captain », du fait qu'il avait été officier de la marine.

A-t-il su savourer le privilège à sa juste mesure ? On a conservé quelques-unes de ces merveilles sous-griffées, dorées, à lanières, décolletées. Madeleine Vionnet parvenait à transfigurer tout ce dont elle s'occupait, aussi bien les objets que les personnes.

Imaginez toutes ces ruches à l'ouvrage, pour le grand plaisir de la reine : la cliente. Mais aussi pour la joie des yeux que procurent ces merveilles en voie de disparition.

C'est peut-être cela, aussi, qui m'a incitée à accepter d'écrire ce livre : rappeler à la vie des splendeurs que nous ne reverrons sans doute jamais plus.

QUAND LES COUTURIERS SE MEUBLENT

Les grands couturiers partagent une même passion qui, chez certains, tourne à l'excès, presque à la névrose : celle d'« habiller » non seulement les femmes mais tout ce qu'ils touchent, en premier lieu leur cadre de vie ! Les objectifs des photographes, les caméras de la télévision nous ont introduits dans les intérieurs uniques, fabuleux, féeriques, qu'ont su se créer Paul Poiret, Chanel, Fath, Yves Saint Laurent, Balenciaga, Cardin, Lagerfeld et les autres...

Murs, plafonds, sols, meubles, bibelots, vaisselle, jardins, œuvres d'art, tout chez chacun porte la griffe du maître des lieux. Et si l'on arrive à copier sa mode vestimentaire, celle de son « entour » n'appartient jamais qu'à lui.

Madeleine Vionnet n'a pas échappé à cette règle et a imposé la sienne : « J'étais moderne comme goût, et antique dans la réalisation. » En plus de l'hôtel de l'avenue Montaigne dont le célèbre décor pur Art déco demeure inégalé, elle possédait trois maisons. Quoique ayant chacune sa particularité, toutes lui ressemblaient.

Par la simplicité, d'abord : pas le moindre désordre, aucun meuble, aucun objet ne paraissait superflu ou excédentaire. Et rien n'y bougeait. Quand nous lui rendions visite, à Paris, dans son hôtel particulier du seizième arrondissement, j'appréciais comme tous les enfants de retrouver les objets familiers aux mêmes places : déjà, en haut de l'escalier, le magnifique ours en bronze de Georges Guyot qui semblait garder les lieux tout en vous indiquant l'entrée. Dans le salon, une table à jeu, un paravent, une chaise longue, des divans et des fauteuils profonds tapissés de velours étaient signés des décorateurs de

À l'apogée de sa carrière, Marcelle Chaumont en astrakan gris pâle. Photographie Harcourt.

Dans sa robe de Vionnet brodée par Lesage, ma mère au côté de mon père.

À partir d'un modèle Vionnet, l'une des robes de mariée qui ont fait la réputation de ma mère.

MARCELLE CHAUMONT

COUTURE • LINGERIE • FOURRURES

PARFUMS

19, Avenue George V
ELYSÉES 58-70

MANUTENTION et COMPTABILITÉ
ELYSÉES 58-87

Sur son mannequin vedette, Antoinette Delort, une robe du soir sculptée par Marcelle Chaumont.

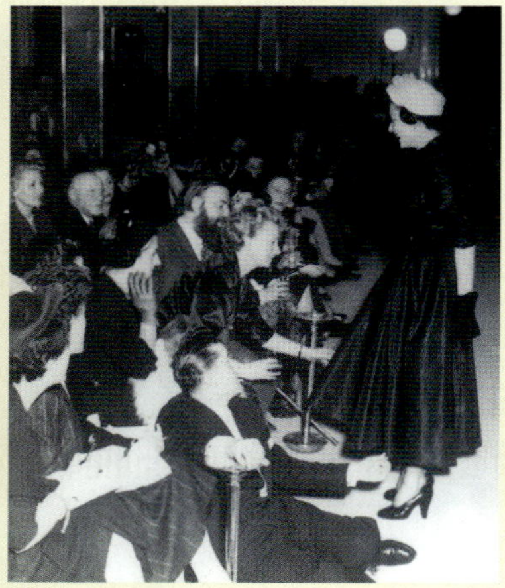

Créés par Marcelle Chaumont sous le nom de Juliette Verneuil, les modèles pour la haute confection défilent au Bon Marché. Scandale et révolution dans la Couture !

Antoinette Delort présente la collection de Marcelle Chaumont. Assistent à ces défilés des célébrités comme Christian Bérard et Colette.

Me voici en petite marquise emperruquée, puis en costume 1830... De délicieux déguisements réalisés par les ouvrières de chez Vionnet.

À Noël, les enfants du personnel sont réunis chez Vionnet. Je trône au premier rang, une poupée entre les bras.

En 1938, le gouvernement français demande à Madeleine Vionnet de concevoir tout un trousseau pour les deux poupées offertes aux princesses d'Angleterre, Elizabeth et Margaret. Vionnet nous offre le même cadeau à ma sœur et à moi...

Ma robe de communiante, parfaitement haute couture !
Et ma couronne, faite avec les fameuses petites roses Vionnet...

Ma sœur et moi, en blanc. Entre nous, Jacqueline, la fille de Germaine Lillaz, qui nous reçoit au Château du Bois de Boulogne.

En août, Madeleine Vionnet venait chez nous dans le Limousin. Ici, auprès de ma tante, ma mère, mon oncle et mon cousin Pierre, elle est avec son mari Dimitri Netchvolodoff, qui détourne la tête...

La Maison Blanche, résidence d'été de Madeleine Vionnet dans le Var, construite à partir de ses plans. Nous y passions septembre.

Elle savait voir loin et grand, mais pouvait s'intéresser aux plus petites choses...

En 1947, j'épouse Jean-Jacques Servan-Schreiber. Tout en volants comme celle de ma première communion, ma robe de mariée est également créée par ma mère. Madeleine Vionnet assiste à la cérémonie.

Ma première vocation, le dessin !
Je copie des modèles de ma mère
et j'en crée pour elle.

Pour m'en épargner les difficultés et l'exigence,
elle ne tenait pas à ce que j'entre en couture...

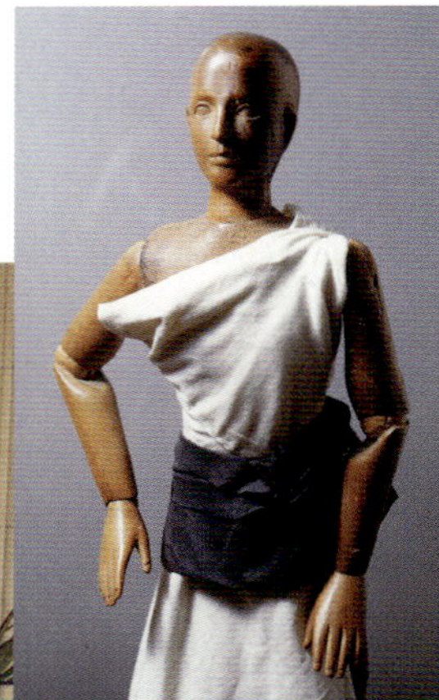

À l'exemple de Vionnet, ma mère créait ses modèles sur un mannequin de bois. Le sien, que je conserve, porte la toute dernière toile qu'elle a coupée et épinglée.

Hommage à Vionnet pour la sortie de mon livre *La Chair de la robe* dans l'hôtel particulier de l'avenue Montaigne.

Maman est à la retraite, je travaille pour *L'Express* et publie mes premiers romans. Quelle joie pour elle qui respectait les écrivains et adorait les livres !

l'époque les plus cotés, Mare, Frank, Chanaux... Le portrait de la grande patronne drapée de rouge était l'œuvre du laquiste Dunand. Quelques vases de Lalique trônaient, qui n'avaient pas besoin de fleurs pour être magnifiques, tel celui orné d'une farandole de femmes... Nous avions les mêmes à la maison où les couleurs aussi étaient identiques : beige, gris, blanc, avec plus de marron chez Vionnet, et du rouge.

L'impression qu'il me reste de ce petit hôtel particulier, très étroit – « mon puits », disait-elle –, c'est avant tout le manque d'ouvertures. Fenêtres rares, voilées, donnant sur une cour fermée par la maison d'en face, aucune vue possible dans cette impasse. Depuis qu'elle était enfant, Madeleine Vionnet craignait le monde extérieur et, sur le tard, m'a confié qu'elle avait toujours été ainsi : petite, elle se dissimulait sous les tables et y passait des heures entières. Ou se créait une sorte de cage avec des chaises... Que craignait-elle ? Ses parents, qui se séparèrent tôt, leurs disputes ? Je ne l'ai pas su...

Est-ce à cause de cette phobie ? Son vaste studio de l'avenue Montaigne ne recevait le jour que par une verrière. Cette diffusion par le haut de la lumière permet une meilleure appréciation des coloris qu'aucun rayon de soleil ne vient modifier. Reste que la gaieté non plus n'a pas sa pleine entrée dans des intérieurs à ce point calfeutrés !

Sa deuxième maison, celle de Cély-en-Bière, près de Milly, était à l'inverse d'un style campagnard. Pas de ferme, d'animaux en liberté dans les champs, juste un grand jardin sage, qui comportait un potager, un poulailler, des lapins en cage... C'était un bonheur que d'y aller passer des journées de printemps (nous n'y avons jamais couché). On pouvait courir dans les allées, cueillir quelques fleurs... Toutefois, à l'heure du goûter, surveillées comme nous l'étions par Marraine, la bonne tenue primait. Nous accompagnait parfois Guy Trouyet, le fils du directeur commercial de la maison de couture, qui avait mon âge. Le seul garçon de ma connaissance hors mes cousins. Nous étions vraiment dans un monde de femmes.... Orangeade, chocolat chaud, pas de coudes sur la table. Nous repartions avec des œufs fraîchement pondus et quelques roses.

Là non plus la lumière n'était pas la bienvenue et quand Jacques Griffe, le couturier de la rue Royale auquel Vionnet a laissé la maison de Cély-en-Bière, s'est retrouvé chez lui, son premier souci fut de faire percer des fenêtres et des portes-fenêtres...

On pourrait en revanche penser que dans ce petit temple grec que Madeleine Vionnet avait fait édifier dans le Midi, entre Sanary et Bandol, et qu'elle nommait « La Maison Blanche », il était bien difficile de refuser le soleil... Elle y est quand même parvenue : une colonnade érigée sur la terrasse assombrissait les lieux de séjour, quant à sa chambre elle la tenait à l'ombre grâce à des stores et des rideaux !

Est-ce la raison pour laquelle ceux qui ont acheté la maison plus tard se sont dépêchés de la détruire pour construire à sa place un banal mas provençal ?

Quant aux meubles si beaux et si précieux de son petit hôtel particulier, ils ont été vendus et dispersés à Drouot par les héritiers que les notaires ont pu réunir. Ma famille et moi n'en faisions pas partie. Marraine Vionnet ne m'a légué que de l'immatériel : son souvenir, son exemple et ses conseils.

*
* *

Ma mère aussi avait son « cadre de vie » bien à elle. Maman créait perpétuellement. En dehors de quelques parties de bridge l'été, c'était en fait sa seule activité ! Quand elle ne cherchait pas des formes nouvelles sur ses mannequins, qu'ils fussent de bois ou vivants, elle transformait par la pensée ses lieux de résidence – que ce soit à Paris ou dans son petit manoir du Limousin. « Si on changeait la moquette ? Je n'aime plus ce gris, il faudrait du beige... Je verrais bien un grand paravent entre les deux salons... Un lustre dans le hall et une baie dans la salle à manger... » Et de convoquer ses architectes, Frank, Chanaux, pour qu'ils conçoivent des améliorations ou même de nouveaux meubles...

Je me souviens d'un retour de vacances désastreux : ma mère avait donné carte blanche et, en rentrant chez nous, nous découvrons que le grand salon, murs et sièges, est entièrement de la couleur cette année-là à la mode, un triste chocolat... Maman en pleurait, tombée sur l'un de ces sièges qui la rebutaient.

Trois semaines plus tard, le même salon était complètement blanc, boiseries, fauteuils, divans, paravent gainés d'une peau pâle, moquettes et rideaux clairs. Cette bulle lumineuse s'ouvrait sur un deuxième salon aux meubles tout en miroirs, et aux vastes sièges recouverts de satin bleu tendre. Un intérieur au charme unique, dont elle était fière – il y avait de quoi – et qui stupéfiait les visiteurs.

Toute mon enfance, j'ai vu les gens, dès qu'ils pénétraient chez nous, s'exclamer plus encore qu'ils ne le faisaient devant nos accoutrements Vionnet.

C'est que ma mère s'incarnait dans tout ce qu'elle touchait pour en faire de l'art moderne.

Mis à part le plaisir d'assister à l'étonnement de ceux qui venaient nous voir, j'ai éprouvé que vivre dans un décor entièrement Art déco n'est pas très joyeux – surtout pour des enfants. Aucun désordre n'y était tolérable et ces lignes « simplissimes » ne laissaient pas place aux bibelots. Seuls y étaient admis quelques vases de Lalique, quelques bronzes, dont deux de Rodin, de rares tableaux de l'époque. L'éclairage indirect était réfléchi par le plafond, ce qui pâlissait les visages et ne créait guère d'intimité... Quant à l'uniforme peinture murale, hérissée à la brosse, elle n'était pas non plus l'amie des enfants : nous nous y écorchions quotidiennement les mains et les coudes...

Mais quand nous descendions l'escalier, c'était pour nous apercevoir en pied dans le miroir qui garnissait entièrement le mur d'en face. Je m'y suis considérée bien des fois, dans mes tenues d'alors et en particulier dans ma robe de communiante aux volants travaillés dans le biais, un ouvrage miraculeux des petites mains de la maison Vionnet.

Ce chef-d'œuvre vestimentaire n'incitait guère à la prière ni à la modestie. Que de regards jaloux et de compliments à la sortie de l'église de l'avenue Raymond-Poincaré ! Maman ravie, marraine Vionnet aussi, moi abasourdie... C'était donc cela une première communion, un défilé de mode où d'évidence j'avais le pas sur toutes mes compagnes ?

Une multitude de photographies, en pied, en buste, debout, assise, missel gainé de parchemin et chapelet de perles fines en main, témoignent de cette assomption plus mondaine que religieuse...

Une dizaine d'années plus tard, ce fut le tour de ma robe de mariée. Maman prit tant de joie à la créer qu'elle en oublia, je crois, de s'attrister de mon départ au bras de mon jeune mari...

LA CRISE DES ANNÉES TRENTE

Le sens artistique, c'est primordial, mais pour gérer une maison de couture, il faut aussi avoir le sens financier ! C'est en relisant les lettres que Madeleine Vionnet envoyait à ma mère, au cours de leurs vacances respectives, que je le découvre : en plus de démonstrations d'affection et de nombreuses recommandations pour notre voyage en voiture du Limousin à Sanary, il y est question du bilan de l'année en cours. Parfois la grande patronne se félicite d'une bonne saison ; parfois elle s'inquiète d'un fléchissement. Plus tard, elle parlera de la crise...

J'étais pour ma part totalement étrangère à ces préoccupations. À la maison on ne parlait jamais d'argent. Je ne connaissais le prix et le coût de rien. Une fois seulement – et je revois la scène qui eut lieu dans sa chambre –, ma grand-mère jugea bon de me dire que ma mère était une des femmes de Paris qui gagnaient le plus d'argent. Elle a précisé « un million par an ». Ce qui ne représentait rien pour moi. Cependant le ton d'admiration de ma grand-mère me soufflant ces mots comme s'il s'agissait d'un secret dont il était malséant de faire état – mais dont elle était si fière qu'elle ne pouvait se retenir de m'en faire part – m'a clouée sur place.

J'avais les yeux fixés sur une commode Art déco en bois exotique, qui se trouve désormais chez moi, et chaque fois que je la regarde je repense à cette scène. Elle sous-entendait une multitude de choses dont chacune m'a marquée. Avant tout que ma mère gagnait sa vie, ce qui n'était pas le cas des femmes que nous fréquentions, toutes mariées et dépendantes de leur époux.

Ma mère, c'était également rare à l'époque, était divorcée et l'on avait eu l'indélicatesse de me laisser entendre que mon père, conseiller à la Cour des comptes, ne lui donnait qu'une modeste pension. C'était au travail acharné de Maman que nous devions notre luxe.

En plus de ses filles, elle entretenait sa mère, sa sœur, son neveu, qui vivaient chez nous, et son père, tailleur de pierres dans le Limousin. Des charges qu'elle n'évoquait jamais, ne s'en plaignant pas, ne s'en vantant pas non plus.

J'avais à peine dix ans et c'est par ces quelques mots de ma grand-mère que j'acquis le sentiment, qui ne se démentit jamais, que ma mère était un être exceptionnel.

Il en était de même pour Madeleine Vionnet, laquelle entretenait un grand nombre de personnes de son entourage, à commencer par son second mari, le Russe blanc Dimitri Netchvolodoff, et l'oncle de celui-ci.

Cela me donna le sentiment, qui ne m'a plus quittée, que les femmes étaient plus fortes que les hommes. Plus courageuses. Peut-être même plus admirables.

Et si j'avais pour mon père, dont l'absence me faisait souffrir, beaucoup de tendresse et une sorte de compassion – il se plaignait souvent désormais d'être « comme un vieux croûton abandonné derrière une malle dans le grenier » –, mon admiration allait passionnément à ma mère.

Ma maman qui devait non seulement assurer l'entretien de sa maisonnée, veiller aux comptes quand Madeleine Vionnet lui faisait part de telle ou telle difficulté, mais aussi – comme tous les artistes de la haute couture – être une bonne « commerçante », soumise aux flux et reflux d'une clientèle suprêmement exigeante qu'il s'agissait quotidiennement de satisfaire.

D'où la pression qu'on endurait à la maison.

Ma tante Gabrielle, sa plus jeune sœur, restée célibataire après la mort subite de son fiancé, était devenue son assistante et vivait avec nous. Le rôle qu'elle s'était donné – sans doute nécessaire bien que souvent horripilant – était de harceler ma mère : « Marcelle, n'oublie pas que Mme Martinez de Hoz t'attend demain pour son essayage... Je crains que la livraison de la baronne Henri de Rothschild ne soit pas faite à temps... La princesse de Faucigny-Lucinge a fait rapporter sa cape de velours, l'ourlet gondole... Tu te rappelles que tu dois créer une robe de mariée pour Mlle de Ganay ? Tu es en retard... »

« Oui, oui », disait Maman qui tentait de se détendre en s'occupant à autre chose que clientes et modèles, c'est-à-dire en réinventant son ameublement.

Et moi je restais béate de respect devant tant de responsabilités. J'avais une confiance absolue en elle. Maman parviendrait au bout de tout ce qu'elle entreprendrait, surmonterait tous les obstacles, nous tirerait toujours de tout.

Ce ne fut pas facile...

*
* *

La première fois que j'entendis prononcer le mot de « crise », ce fut à l'occasion d'un cadeau : un chien dont le corps était un fil de fer implanté de longs poils gris, qu'avec une certaine ironie on appelait « le chien de la crise »...

Une crise terrible, économique, financière et sociale...

Ce fut la fin de la prospérité qui s'était manifestée dans tous les domaines, en particulier dans celui de la haute couture. Moins disposées à l'extravagance, les femmes achetaient moins. De plus, en approchant de la fin de la décennie, certaines des plus riches, sentant venir le conflit, regagnèrent l'Amérique du Sud ou, juives, se réfugièrent aux États-Unis.

Le climat s'assombrissait, je le constate en relisant certaines des lettres que Madeleine Vionnet adressait à ma mère dès qu'elles étaient séparées. En apparence, notre train de vie n'avait pas changé, toujours la gouvernante, les quatre domestiques, le même afflux de toilettes neuves, mais l'humeur de Maman se faisait soucieuse.

On ne nous informait de rien, bien entendu, les enfants n'étant pas considérés à l'époque comme des interlocuteurs valables. Était-ce pour ne pas nous faire rembarrer ou parce que nous savions que cela n'était pas la peine, mais nous ne posions pas de questions. Et ne demandions rien : ni cadeaux, ils continuaient d'arriver aux fêtes et aux anniversaires, ni argent de poche, du fait que nous n'achetions rien nous-mêmes. À tel point que je ne savais pas où se trouvaient les commerces de notre quartier et ce que vendait chacun. (Je dus tout m'apprendre, maladroitement, timidement, après la guerre !)

C'est pourtant dans les années trente et au début de la crise que ma mère créa ses plus beaux modèles. En particulier d'époustouflantes robes du soir et leurs capes, drapées, volantées, épanouies sur de larges jupons de crin, brodées, incrustées de dentelle, et dont les photos sur Sonia, Antoinette ou Tonia, les mannequins réservés à ma mère, firent la gloire des dernières années de la maison Vionnet. C'est un phénomène connu dans la haute couture : à la veille des grandes récessions, les femmes veulent profiter des dernières somptuosités du moment, dussent-elles déjà en acheter moins.

*
* *

Le plus inattendu pour Madeleine Vionnet, ce furent les grèves de 1936. Les ouvrières de la couture manifestaient leur mécontentement, et marraine était persuadée que les siennes ne la lâcheraient pas. À la fin de sa vie, elle tremblait encore d'indignation en me contant ses mésaventures !

« On m'avait dit : “Il n'est pas possible que les ouvrières fassent grève chez vous ! Vous leur avez déjà donné tous les avantages...” C'est vrai, elles avaient le dentiste, le docteur, la crèche, un mois de vacances, un réfectoire, enfin tout ce qu'il leur fallait...

» Je suis allée à la Chambre syndicale voir ce qui se passait avec les autres couturiers et on m'a dit : “Du moment que nous sommes en train de parler, c'est que le mouvement est suspendu !” Pourtant, au milieu de la discussion, un huissier est entré pour annoncer : “La maison Worth est en grève...” Et ça a continué : la maison ci, la maison ça l'étaient aussi !

» J'ai voulu voir ce qui se passait dans la mienne, je suis montée dans ma voiture et je suis retournée avenue Montaigne. Je pensais : “Chez moi, ils sont gentils, ils ne vont pas me faire ça, je ne l'ai pas mérité.”

» Quand je suis arrivée, une partie du personnel était sur le trottoir et voulait m'empêcher d'entrer. Je leur ai dit : “Vous m'embêtez, laissez-moi monter !” Ce que j'ai fait. Si j'étais allée les haranguer, m'écriant : “Mais qu'est-ce qui vous prend ? Pourquoi êtes-vous en grève, vous avez déjà tout !” cela les aurait peut-être arrêtés. Mais Mme Chatenet, ma directrice du personnel, était en congé et sa remplaçante n'avait pas l'étoffe pour leur parler avec moi !

» Je suis repartie sans que les ouvrières m'en empêchent et le lendemain elles m'ont fait savoir qu'elles voulaient revenir au travail. J'avais passé ma nuit à refaire ma maison et j'ai pris des sanctions... Celles que j'avais le droit de prendre, bien entendu.

– Elles gagnaient peut-être trop peu, moins que maintenant ?

– Je ne me rappelle plus le tarif d'une ouvrière, mais ce que je constate c'est qu'en gagnant davantage aujourd'hui elles vivent plutôt moins bien ! Il y a eu l'inflation... Je me souviens quand même d'un détail extraordinaire... En fait, je n'ai pas pris que des sanctions. Je me suis donné la peine de discuter avec mes ouvrières. Je leur ai dit : "Faites-moi un budget." Une liste de revendications en quelque sorte. Elles l'ont fait et parmi les avantages qu'elles réclamaient, il y avait... une robe du soir ! Cela m'a fait le même effet que si elles m'avaient demandé un chauffeur ! Moi, quand j'étais ouvrière, je n'avais pas de robe du soir ! Il faut dire que je ne sortais pas. La vie avait changé... »

*
* *

En effet, la vie avait changé. De lourds nuages s'amoncelaient en cette fin de décennie. La guerre menaçait... On n'en parlait guère mais le danger couvait. Et Madeleine Vionnet avait plus de soixante ans. Se sentait-elle lasse, dépassée par les événements ? De toute façon, c'était clair : elle avait implicitement désigné ma mère comme dauphine.

Et pourtant...

RIVALITÉS DE CRÉATRICES

« Il faut changer la vie », disait Arthur Rimbaud. Est-ce parce qu'elle avait quinze ans de moins que la grande patronne ? Ma mère a sans cesse évolué. Le génie de Madeleine Vionnet était mathématique : géométrie savante des patrons, carrés, rectangles, pans coupés : chacun de ses modèles est à lui seul un monument, la femme qui le porte une œuvre d'art.

Les modèles de ma mère sont faits pour autre chose que la domination : pour séduire ! *Frou frou, par son gentil frou frou la femme trouble l'homme...* dit une chanson de l'époque. Et en effet les robes de Maman froufroutaient. En défilant elles faisaient un bruit d'étoffe très féminin, et les mannequins, pour pivoter, devaient soulever leurs immenses jupes, ravies de retrouver ce geste qu'avait fait oublier la mode garçonne près du corps.

Ma mère était une voyante : avant de chercher à les réaliser, elle « voyait » des robes et des tenues qui n'avaient pas encore existé, des coupes de vêtement qu'on croyait jusque-là insensées, infaisables...

À ce moment, son regard se figeait, ses yeux gris s'enfonçaient dans leurs orbites, son visage devenait sévère, elle me faisait presque peur.

Elle était inspirée.

Dans son studio de l'avenue Montaigne, et plus tard avenue George-V, face à un mannequin vivant lui présentant un modèle en voie d'achèvement, elle prenait ses ciseaux et se jetait dessus comme un sculpteur sur une œuvre en cours. Dans une allègre férocité.

Le massacre – c'en était un, car tout sautait, devenait lambeaux – commençait par désoler le personnel, première en tête. Laquelle pour autant demeurait muette, les mains inertes.

« Passez-moi les épingles ! » lançait alors ma mère sans les regarder. Et la reconstruction débutait : les mêmes éléments – manches, col, haut, bas, taille, jupe... – mais combinés autrement.

Elle n'a jamais cessé de vouloir transformer la mode, « faire autre chose »...

*
* *

À partir des années trente les modèles créés par ma mère se vendirent mieux que ceux de Madeleine Vionnet, en particulier auprès de la clientèle plus jeune. Chacune des deux créatrices ayant des ateliers et des mannequins à elles, le fait était mis en évidence par la comptabilité.

Antoinette Delort, mannequin de ma mère, disparue récemment à plus de quatre-vingt-dix ans, me l'a souvent répété : « Les clientes préféraient les modèles de votre mère, et Vionnet s'en affectait ! »

Comme ma mère et Madeleine Vionnet créaient chacune la moitié des six cents à sept cents modèles, elles avaient institué de se présenter mutuellement, la veille du grand jour, les nouvelles créations qu'elles avaient chacune élaborées dans le secret, leurs modèles respectifs circulant sous blouse dans les couloirs.

À la vue de ceux de ma mère, Vionnet, qui avait l'œil, se sentait atteinte et, m'a-t-on dit, devait respirer des sels !

Dans la mode, plus encore qu'ailleurs, on a besoin de « rester en tête ». Sinon le créateur se croit détrôné. Et pourtant, Vionnet ne l'était pas : le succès de Maman n'effaçait pas le sien, et les deux créatrices se complétaient en contribuant l'une comme l'autre à la gloire de la maison. Mais sur l'instant, se voir reléguer au rang de « has been », même si cela ne signifie rien et ne doit pas durer, est forcément cruel.

*
* *

Le succès des créations de ma mère, la reconnaissance de son exceptionnel talent dépassèrent vite les murs de la maison Vionnet. On vint lui proposer des capitaux

– en particulier Bader, le riche propriétaire des Galeries Lafayette – pour qu'elle monte une maison à son nom.

Ma mère était flattée, troublée, hésitante. C'est alors qu'intervint Vionnet, avec toute sa puissance : « Ma petite Marcelle, pourquoi diable iriez-vous vous fatiguer et vous diminuer en ouvrant une maison de couture forcément plus petite et moins prestigieuse, alors que vous êtes chez vous avenue Montaigne où vous êtes libre de faire ce que vous voulez ! »

Puis elle asséna l'argument décisif : « Je vais bientôt prendre ma retraite, je commence à me sentir lasse, je vous laisserai la maison, elle sera toute à vous. »

Aujourd'hui, en pareille circonstance, une femme rompue au caractère aléatoire des promesses en affaires, et profitant de surcroît de sa position de force, suggérerait un contrat, ferait intervenir un avocat, bref, « assurerait son avenir ». Mais Maman, venue de la paysannerie, en avait conservé une naïveté et une complète confiance dans l'honnêteté d'autrui (dont j'ai hérité...). Subjuguée par la forte personnalité de Madeleine Vionnet à laquelle

elle devait son ascension, sa réussite et sa fortune, elle ne résista pas : elle refusa la chance qu'on lui proposait de s'installer à son nom, et elle continua, dans l'anonymat, d'assurer la pérennité de la maison Vionnet.

Madeleine Vionnet était d'ailleurs sûrement sincère quand elle lui avait fait cette promesse. Elle n'admettait pas l'idée de se passer de sa meilleure collaboratrice, celle qui aidait la maison à demeurer au sommet de la couture. Professionnellement mais aussi affectivement, toutes deux avaient besoin l'une de l'autre et le savaient.

On peut imaginer que ce « changement dans la continuité », qui devait avoir lieu quand Vionnet prendrait sa retraite, se serait probablement effectué en douceur, le nom de Vionnet pouvant, grâce à ma mère, continuer de briller au firmament de la haute couture, si, en 1939, la guerre n'avait pas menacé, puis éclaté.

Et ce qui s'ensuivit allait frapper ma mère d'une douloureuse stupeur.

LA FERMETURE

Février 1939. La guerre n'est pas encore déclarée mais pour ma mère et tous les employés de Vionnet, la nouvelle claque comme une défaite, voire une trahison : à l'issue de la présentation de sa collection, Madeleine Vionnet annonce qu'elle envisage la fermeture de sa maison, et sa liquidation.

Toutefois, il serait question, comme l'écrit le *Women's Wear Daily*, que Marcelle Chapsal en assure la continuation.

Pour quelle raison n'eut pas lieu cette passation de pouvoirs, à laquelle ma mère s'attendait puisqu'elle lui avait été promise, je ne l'ai pas su. La maison Vionnet se trouva effectivement en liquidation, le personnel mis à pied, et tout ce qui restait de tissus, de modèles – hormis ceux que Madeleine Vionnet avait cédés aux musées –, tout le matériel jusqu'à la dernière des épingles fut vendu aux enchères. Sans compter le mobilier, les miroirs, les tableaux...

Je ne me souviens pas qu'il ait été question de ce drame devant moi, Maman ayant sans doute voulu nous épargner, mais ses lettres à Madeleine Vionnet, que j'ai retrouvées par la suite, prouvent à quel point elle en fut affectée. Elle rappelle à son ancienne patronne et amie son contrat moral, la promesse qu'elle lui avait faite, et exprime sa stupéfaction de se voir ainsi « congédiée » sans la moindre contrepartie pour près de trente années de travail intense et productif.

Chère Madame,

Je m'excuse d'avoir tant tardé à vous accuser réception de mon relevé de compte.

Vous voudrez bien me permettre de demander quelques précisions à M. Vanier (le comptable, N.D.A.) et de me réserver le droit de vérification que vous m'avez toujours accordé.

Le magnifique résultat de la liquidation m'avait fait espérer que vos commanditaires se souviendraient enfin de la longue et efficace collaboration que je vous ai apportée et du désintéressement dont j'ai toujours fait preuve et m'auraient marqué leur reconnaissance en m'abandonnant un pourcentage sur les sommes réalisées.

Les difficultés de ma situation actuelle rendraient ce geste tout à fait opportun.

Si vous vouliez, Madame, être mon interprète auprès d'eux, je ne doute pas de l'efficacité de votre intervention.

Croyez, Chère Madame, à l'expression de mes sentiments bien affectueux.

M.C.

Chère Madame,

J'ai été vivement affectée par le ton de votre lettre et par le refus qu'elle exprime.

Je ne crois pas avoir mérité une telle

sécheresse de ton et de cœur et en cherche en vain la raison.

Y avait-il dans ma lettre une tournure de phrase susceptible de vous déplaire ?

Si cela est, n'y voyez qu'une maladresse, due à l'extrême contrainte que j'ai toujours éprouvée à soulever ces questions d'intérêt que j'aurais voulu ne jamais mêler aux sentiments de très grande affection que je vous porte.

Marcelle

Chère Madame,

J'avais lancé un S.O.S. à votre amitié, que vous m'assuriez fraternelle, et vous me répondez en femme d'affaires chez qui le sens des affaires prime tout.

Je ne sais quels sont mes droits ou les vôtres et je regrette que vous me mettiez dans l'obligation d'y penser.

Laissez-moi vous dire simplement la déception, la tristesse de mon cœur déjà si lourd.

Marcelle

*
* *

Que s'était-il passé dans la tête de ma marraine pour qu'elle prenne cette décision brutale qui ressemblait à une fuite ? La guerre imminente lui faisait sans doute peur et la crise qui sévissait avait eu raison de ses forces. Elle travaillait depuis l'âge de douze ans, ne l'oublions pas... Liane de Pougy, qui l'a reçue à cette époque, a témoigné dans son journal de sa fatigue extrême. « Madeleine Vionnet est venue me voir hier. Je l'ai prise dans mes bras : elle est toute menue, amaigrie, pâle, sans forces, malade, très malade. Usée, accablée, elle souffre d'un épuisement nerveux. Ses beaux yeux si brillants sont devenus ternes. Je l'ai fait étendre sur mon lit, je l'ai soignée, nursée, je lui ai parlé avec tendresse. »

Donc Madeleine Vionnet, qui devait par la suite avoir une retraite si active, était à l'époque épuisée. Et puis le bail de l'avenue Montaigne arrivait à terme. Renouveler un bail aussi lourd ou aller s'installer ailleurs lui paraissait sans doute insurmontable. Mais pourquoi n'en pas avoir discuté avec ma mère, n'avoir pas imaginé une solution – même plus modeste – pour assurer la continuité de leur collaboration et perpétuer son nom ? Je ne le saurai jamais... même si parfois quelques voix implacables, dans ma tête, me parlent d'incommensurable orgueil.

*
* *

Évidemment notre train de vie fut bouleversé du jour au lendemain, mais ma mère ne nous parlait ni de sa déception, ni de la façon dont elle allait s'en sortir.

En juillet 1939, nous sommes parties en vacances dans le Limousin comme à l'accoutumée, et soudain, début septembre, nous surprit le coup de tonnerre de la déclaration de guerre à l'Allemagne.

Ma mère ne voulut pas que nous rentrions à Paris et nous passâmes cet hiver-là à Eymoutiers, en compagnie de notre grand-mère, tandis qu'une répétitrice nous aidait à poursuivre nos études.

C'est après l'envahissement de la France par les troupes allemandes que nous regagnâmes la capitale dans une immense tristesse. Maman était venue nous chercher en voiture et nous passâmes par Gien où subsistait un pont sur la Loire, les autres étant détruits. C'est là que je vis les premiers SS dans leur uniforme vert-de-gris. Ma grand-mère, repliée sur elle-même, confrontée à ses affreux souvenirs de la guerre de 14 où elle avait perdu son fils, ne disait rien. Ma mère se taisait également et l'arrivée chez nous fut sinistre : plus de chauffage, plus de domestiques, à peine de quoi se nourrir.

Très vite je tombai malade, ma grand-mère aussi. Elle mourut d'un cancer et l'on m'envoya soigner ma tuberculose chez ma tante, à Megève.

*

* *

Pendant ce temps, Maman, après avoir emporté à la dernière minute ses archives de la maison Vionnet, aidée par son neveu, mon cousin Pierre Blessmann, se mit sans plus attendre à l'œuvre pour fonder sa maison de couture. Incroyable ! Malgré la violence de sa déception, la douleur provoquée par la maladie mortelle de sa mère, son courage n'était pas entamé, bien au contraire.

À croire que, n'ayant pas pu jusque-là donner sa vraie mesure, elle était heureuse, à cinquante ans passés, de se trouver contrainte de le faire. Sous son nom, enfin !

MARCELLE CHAUMONT OUVRE SA MAISON

La façon dont continua la haute couture sous l'Occupation relève de l'histoire sans fin de la mode : ma mère ouvrit en 1940, Jacques Griffe en 1941, Jacques Fath en 1942... Les Allemands accordaient suffisamment d'importance aux grandes maisons pour leur fournir du tissu et de l'essence. Ils envisagèrent même d'emmener les plus grands créateurs, leurs ateliers, leurs ouvrières, à Berlin ! Le couturier Lucien Lelong, alors président de la Chambre syndicale, mena un rude et habile combat contre les occupants pour s'y opposer.

L'aggravation du conflit et les bombardements les firent heureusement renoncer à ce projet, qui témoigne néanmoins du prestige qu'avait à leurs yeux la haute couture parisienne...

Pour ce qui me concerne, je n'ai pas connu cette période ambiguë : du jour au lendemain, du fait de ma maladie, je me suis retrouvée pour trois ans chez ma tante paternelle réfugiée à Megève avec ses deux enfants. Grâce à ses soins, à l'altitude, à une nourriture suffisante, j'ai pu guérir de ma tuberculose. Toutefois j'étais coupée de mes plus proches par la ligne de démarcation qu'on ne pouvait franchir que si l'on avait obtenu un laissez-passer, un *Aussweiss*. C'était le silence d'une zone à l'autre : pas de téléphone et le courrier se résumait à des cartes où l'on ne pouvait que donner des nouvelles de sa santé, ou avertir d'un deuil !

Ma mère est venue me voir deux fois, mon père une seule. Était-ce pour me préserver, favoriser ma convalescence, mais Maman ne m'informa pas de l'exploit qu'avait représenté pour elle la création de sa maison de couture sous l'Occupation.

C'est donc par ouï-dire et avec fort peu de détails que j'ai appris l'ouverture de « Marcelle Chaumont », dans un grand appartement situé au 19 de l'avenue George-V. Plus tard, j'ai pu en apprendre davantage sur la naissance de cette maison...

*
* *

Les premiers modèles de « Marcelle Chaumont », Maman les a créés dans son hôtel particulier du square Pétrarque, alors toujours sans chauffage. Les ouvrières m'ont raconté qu'il y faisait si froid qu'elles mettaient des mitaines pour travailler ! D'où venait leur courage ? Il leur en fallait pour continuer à croire, en ces temps lugubres, que l'élégance et le rêve pouvaient l'emporter sur la triste réalité d'alors !

Et puis, ma mère dut trouver des capitaux pour s'installer. Ses lettres prouvent dans quelles difficultés l'avait plongée la fermeture de la maison Vionnet. Mais sa réputation restait intacte et les banques l'ont aidée à louer l'appartement au premier étage du 19 avenue George-V.

Bien sûr, il fallut se restreindre : un grand salon et non plusieurs, deux mannequins – Antoinette et Marcelle – au lieu de trente, et trois ateliers au lieu de treize, mais la nouvelle maison Marcelle Chaumont avait pu rassembler quelques-unes des plus fidèles et meilleures ouvrières de chez Vionnet.

Cette diminution de superficie comme d'effectifs n'empêcha pas le succès : très vite la maison marcha, retrouva d'anciennes clientes et s'en fit de nouvelles. Cela peut paraître choquant mais dans Paris occupé on continuait à vivre, à sortir, et, pour les femmes qui en avaient les moyens, à s'habiller.

La mode évoluait : jupes plus courtes, sacs en bandoulière – la plupart des femmes roulaient à bicyclette ; les coiffures et les chapeaux gagnaient en hauteur, de même que les chaussures aux semelles de liège dites compensées. En l'absence de certaines matières, dont le lin, la soie, la belle fourrure, on utilisait le carton, le lapin et, pour les tissus, d'étranges matières dites « ersatz ».

Aux collections venaient des gens de la mode comme Christian Bérard, des actrices de cinéma, telle Micheline Presle et, toujours... Madeleine Vionnet !

Comme on le constate sur les photos, elle est là, au premier rang, semblable à elle-même dans ses tailleurs stricts, sous ses chapeaux de feutre, une rosette, bien méritée, à la boutonnière... Souriante, car il n'y a plus de problèmes : l'affection, la tendresse ont pris le dessus, la réussite de Maman – en qui Vionnet voyait sa continuatrice – n'y étant sans doute pas pour rien.

Désormais les deux grandes dames de la couture – l'une en retraite, l'autre en pleine activité – ne cesseront plus de se voir et de s'entretenir de leurs vies entrecroisées.

*
* *

La ligne de démarcation supprimée, les Allemands occupèrent rapidement tout le territoire français dont plus aucun point n'était sûr. Encore moins les petits bourgs comme Megève où, tout le monde connaissant et repérant tout le monde, les dénonciations allaient bon train... Ma tante André-Hesse, ainsi que pas mal d'autres, dont ses amis Servan Schreiber, décida qu'il était plus sûr de rentrer à Paris, même occupé. C'est en arrivant chez ma mère que je pris conscience du combat qu'elle avait dû mener pour ouvrir sa maison en janvier 1940.

Je m'y rendis aussitôt, curieuse et quelque peu apeurée : que pouvait-il en être de la couture dans un pays toujours sous le joug ennemi ?

En apparence, tout allait bien et je découvris même une atmosphère de gaieté, de tranquillité qui n'existait plus à Megève. S'occuper de beauté, envers et contre tout, entretient dans une sorte d'allégresse.

Et même si l'on n'était plus, avenue George-V, dans le cadre opulent de l'avenue Montaigne, la nouvelle patronne avait réussi à donner du charme à ses salons en drapant tous les murs d'un tissu blanc dit peau d'ange. Quelques beaux meubles venus de chez elle, des bronzes, de grands miroirs offraient une atmosphère claire et épurée qui mettait en valeur ses créations. Lesquelles paraissaient comme autrefois dans les magazines de mode de l'époque.

Tous les après-midi, à quinze heures, les deux mannequins présentaient la collection, à laquelle je me dépêchais d'assister, n'ayant rien vu de la couture pendant mes trois années à la montagne. Le matin, les clientes venaient à leurs essayages auxquels présidait ma mère, toujours aussi souriante.

Pour l'écrivain Colette, cette résistance de la couture – créateurs et acheteuses – en temps de guerre témoigne de l'une des façons des femmes françaises de lutter contre l'oppression, comme en témoignent ses écrits.

Les derniers mois de l'Occupation passèrent, j'avais ramené ma bicyclette de Megève et je roulais avec facilité dans notre quartier dépourvu de voitures, allant avec mes amis – on ne disait pas encore copains – jusqu'au Bois de Boulogne alors verdoyant et peu fréquenté.

M'était offerte la chance confondante de bénéficier d'une nouvelle et magnifique garde-robe. J'avais pas mal grandi, pris des formes et ne possédais à mon arrivée à Paris que des pantalons de ski et une seule et belle veste de lainage bleu, griffée Chaumont. Don apprécié de ma mère lors de l'un de ses passages à Megève, cette unique veste a fait ma fierté tout le temps de la guerre !

Mais dès que j'eus pris pied dans la maison Chaumont, je découvris avec enthousiasme que je pouvais enfiler tous les modèles de la collection. Ma mère et ma tante Gabrielle, n'ayant pas la taille mannequin, ne pouvaient en faire autant, et, par compensation, heureuses aussi de me revoir tirée d'affaire, elles s'empressèrent de me gâter en ne me refusant rien de ce qui me faisait envie.

Jusque-là, en matière de toilette, je n'avais jamais eu le droit de donner mon avis : ma mère, la grande couturière, ayant jugé bon de me vêtir de telle ou telle façon, au nom de quoi me rebeller ? Ne savait-elle pas mieux que quiconque ce qui convenait et ce qui m'allait ? Ou devait m'aller...

Je me souviens d'une période jupe plissée, nœuds dans les cheveux, coiffure à la Jeanne d'Arc, une autre tout écossais, jusqu'au petit bicorne. Quand Maman avait dit : « Cela lui va bien... », l'affaire était jugée et je portais.

Tout changea après mon retour à Paris. J'avais dix-huit ans et dès mon arrivée dans la maison Chaumont, on me proposa des formes et des tissus. Or, n'ayant jamais eu la liberté de m'habiller, j'étais incapable de choisir et je continuais à compter sur autrui.

Amusé, Pierre Cardin, qui travaillait à l'époque chez ma mère, se rappelle : « Je vous ai fait votre premier tailleur, vous en souvenez-vous ? »

Il me semble qu'il était en fil à fil gris clair... Mais je revois surtout le studio dont la fenêtre donnait sur l'avenue George-V, celui de ma mère dans lequel, par privilège, on procédait à mes essayages.

L'opération commençait par un déshabillage. À l'époque, on portait des bas de soie, bientôt de nylon, maintenus par des porte-jarretelles. Se retrouver « en dessous » face à plusieurs personnes me gênait. Il y avait ma mère, la première, parfois une ouvrière. Ces femmes avaient certes l'habitude de voir se déshabiller les clientes dont certaines, dépourvues de pudeur, se mettaient nues, ou presque, sans hésiter. Pour moi, je me dépêchais d'enfiler ce qu'on me tendait : corsage, jupe, veste, manteau.

Puis je me regardais dans la glace à trois faces et c'était la découverte : ce vêtement, à peine bâti, était-il bien choisi ? Allait-il me plaire une fois terminé ?

Si j'étais déçue, je ne savais comment l'exprimer sans blesser mon entourage, mais si j'étais contente j'aurais voulu pouvoir porter immédiatement ma nouvelle tenue. Il n'en était pas question ! Ma mère et la première, épingles en bouche ou piquées sur une pelote, entreprenaient des rectifications auxquelles je ne comprenais rien. C'était l'effet d'ensemble qui me plaisait et je ne voyais pas en quoi une poche cousue plus ou moins haut, un bouton déplacé, une ampleur autrement distribuée allaient changer quoi que ce soit...

Je n'avais pas l'œil d'une technicienne de la couture et si, pour mon compte, j'étais satisfaite, ces dames ne l'étaient guère. Elles travaillaient sur moi, parfois à quatre mains, dialoguant entre elles. À les entendre il y avait trop d'étoffe ou pas assez, un pli dans le dos, un col qui remontait ou qui descendait, les manches n'étaient pas de la même longueur, elles trouvaient le padding des épaules trop épais...

Ne voyant pas ce qui leur apparaissait évident je passais d'un pied sur l'autre, au point qu'on m'intimait de ne pas bouger et j'attendais la phrase qui allait enfin me délivrer : « Cela suffit pour aujourd'hui, on verra au second essayage ! »

Car il y en aurait un autre, puis encore un autre, parfois même un quatrième !

C'est cela, la haute couture : la recherche de la perfection, par l'adéquation complète d'une femme et de ce que l'on construit pour elle et sur elle. Et lorsqu'un vêtement, travaillé et retravaillé par le couturier, est devenu parfait, il possède une beauté indépendante qui fait de lui une œuvre d'art, qu'il soit sur un cintre, le bras d'un fauteuil ou dans un musée. J'ai eu maintes fois l'occasion de m'en rendre compte.

En plus de ce que l'on me faisait exécuter par les ateliers, au moment des soldes on me donnait quelques-uns des modèles, tailleurs, robes, manteaux, et, pour sortir, on me permettait d'emprunter les robes du soir.

Beaucoup de cabarets, de boîtes de nuit, de théâtres restaient ouverts sous l'Occupation, d'autres s'étaient créés. Certes, il y avait le couvre-feu, mais on arrivait à s'en accommoder.

*
* *

Soudain ce fut la Libération, et la joie éclata, si extrême qu'on ne peut la ressentir, même en en voyant les images télévisées, si on ne l'a pas vécue.

On dansait à tout moment dans la rue, en dépit des derniers combats qui firent malheureusement bien des victimes. Les jeunes SS qui occupaient les maisons voisines de la nôtre disparurent sous nos yeux, de même que les panneaux en allemand interdisant de circuler qui défiguraient la ville.

Avenue George-V, je me souviens d'une Sainte-Catherine où l'on fit venir un piano, j'y jouai quelques airs de jazz et les filles dansèrent entre elles comme au temps des fêtes qu'offrait à son personnel la maison Vionnet !

Pour mes amis et moi, ce fut du délire : tous les soirs la fête, la plupart de temps en tenue de soirée... J'en ai profité avec entrain jusqu'en 1947, où j'ai épousé Jean-Jacques Servan-Schreiber, lequel me fit changer de genre de vie en m'entraînant à sa suite dans le travail journalistique.

Bien sûr Madeleine Vionnet avait assisté à mon mariage. Je me demande aujourd'hui quel genre de rapports elle a bien pu avoir, ce jour-là ou un autre, avec mes beaux-parents, eux aussi de fortes personnalités mais beaucoup plus ouverts et expansifs.

Pour ma part, je commençais ma carrière avec curiosité et appétit – d'abord dans *Les Échos*, plus tard à *L'Express* –, sans pour autant quitter l'univers enchanté de la haute couture.

Grâce à mon mariage et à ma nouvelle famille, je découvrais avec ivresse la liberté de penser et de s'exprimer publiquement – ce que je n'avais pas connu jusqu'alors tant la haute couture exige de maintien et de réserve.

Quelques principes, toutefois, étaient communs à ces deux univers : le travail, la discipline, l'efficacité.

Par chance, la maison de l'avenue George-V était située tout près de la rue Clément-Marot où vivaient mes beaux-parents avec leurs enfants. Ma mère invitait ma belle-famille à assister à ses collections et prenait plaisir à prêter des robes du soir à ma splendide belle-mère Denise pour ses sorties officielles. Dans les années cinquante, on ne se rendait au théâtre, dans les galas, les ambassades, éventuellement à l'Élysée, qu'en tenue de soirée. Je me rappelle avoir endossé la plus belle des robes de satin jonquille, dos nu et jupe amplissime, pour assister à l'Opéra à une représentation de *Tristan et Iseut*.

Après avoir fait ma robe de mariée, en s'inspirant d'un modèle qu'elle avait créé chez Vionnet, Maman avait également conçu celle de Brigitte, la sœur de Jean-Jacques. Que d'élégances successives, que de belles photos donnant à croire que l'esprit Vionnet se poursuivait dans la jeune génération !

Pendant quelques années, j'eus le bonheur de voir ainsi « s'épouser » mes deux mondes : celui de la haute couture et celui du journalisme.

*
* *

La plupart du temps je retrouvais mon inlassable mère dans son petit studio dont la fenêtre donnait sur l'avenue, parachevant un modèle sur l'un de ses deux mannequins.

Debout dans l'une de ses identiques robes de crêpe ou de lainage qu'éclairait son collier de perles, sa chevelure touffue auréolant son beau visage, l'air concentré, elle faisait et refaisait les gestes sûrs.

Je la devinais ravie de me savoir présente. Elle me parlait peu et ne m'expliquait rien de son travail – le pouvait-elle ? – mais je la sentais à son affaire. Immergée dans une passion dont elle me faisait bénéficier mais que je n'éprouvais pas comme étant la mienne ; bien qu'il me soit arrivé, parfois, de crayonner des dessins de mode qu'elle regardait avec plaisir.

Elle admirait mes débuts dans l'écriture qu'elle jugeait, je crois, supérieure à la couture. Si nous avions pu en discuter, je lui aurais dit à quel point je trouvais ce qu'elle faisait plus important et plus rare : il n'y avait à l'époque que vingt-deux couturiers inscrits à la Chambre syndicale de la haute couture, en revanche les écrivains se comptaient et se comptent de plus en plus par milliers...

Pour ma part, je considère l'art du vêtement comme tout aussi civilisateur que celui des livres : c'est une autre forme d'écriture, qui signe l'évolution des mœurs, à moins qu'elle ne la provoque... La faiblesse de la couture, c'est que la mode passe dès qu'elle a fait son temps, alors qu'il arrive aux écrits de rester éternels.

MA MÈRE LANCE LE PRÊT-À-PORTER !

Un scandale... dont je suis fière. Quel courage il lui a fallu ! Comment vint-il à ma mère, si occupée à maintenir la maison Chaumont dans la tradition Vionnet, l'idée d'en créer une autre ? Avait-elle pressenti qu'un vent nouveau soufflait sur les femmes ? Qu'il leur fallait, après la guerre, des modèles moins chers, moins « étoffés », ne demandant que peu d'essayages ou pas du tout ?

Cette innovation allait dans le sens du public, et eut lieu au Bon Marché, grand magasin de la rive gauche de la Seine alors que la couture, jusque-là, se trouvait rive droite. Elle allait donner à celle-là un plus grand rayonnement.

J'étais en voyage au Brésil avec mon mari lorsque ma mère entama des discussions pour ouvrir au Bon Marché ce qui n'existait pas encore : un rayon de confection issu de la haute couture. Les vêtements, exécutés dans des matériaux haut de gamme, devaient être de qualité mais simplifiés par rapport aux modèles que créait la maison Chaumont.

Toutefois, au lieu de bénéficier à ma mère, son initiative la jeta dans de grandes difficultés : la Chambre syndicale de la haute couture, conservatrice comme le voulait sa fonction, lui interdit d'utiliser le nom de Marcelle Chaumont pour ses collections du Bon Marché : « Vous allez détruire le prestige de la haute couture ! » lui fut-il notifié.

Elle chercha un pseudonyme comme on fait en littérature, ce fut Juliette Verneuil. Comme il fallait l'incarner, une de ses amies, fort jolie femme, prétendit devant la presse être la créatrice des modèles présentés. Personne ne fut dupe...

Pierre Cardin, qui n'a pas oublié cette véritable révolution initiée par Maman, se souvient de l'incroyable tollé provoqué en haut lieu par son initiative...

*
* *

« Pour moi, votre mère, Marcelle Chaumont, a été un exemple. Quand on pense à la critique qu'elle s'est attirée lorsqu'elle s'est lancée, la première, dans la haute confection ! En même temps qu'elle a eu une foule de clientes, la plupart des journalistes de mode l'ont condamnée... Elle en est tombée malade ! Vous êtes mieux placée que quiconque pour en juger.

– Mais vous aussi, Pierre, vous le pouvez, vous avez assisté à cet essai !

– Votre mère a été la première à décider que la créativité ne devait pas être destinée uniquement à une certaine élite qui avait de l'argent, qu'il fallait en faire profiter le commun des mortels, des gens qui avaient le droit d'espérer être à l'égal des autres...

» C'est Marcelle Chaumont qui a fait la première cette tentative en 1950, alors qu'elle dirigeait une des maisons de la haute couture parmi les plus importantes de Paris. Elle était un leader et elle a accepté d'aller dans un grand magasin ! Ça a été la ruée, et le scandale... Comme toujours lorsque arrive une chose nouvelle et juste. De ces initiatives qui vont faire la vie de demain... Votre mère s'y est lancée et, au bout de quelques années, fit quatre collections par an.

» J'ai été indirectement son élève. À mes tout débuts j'avais travaillé chez elle en tant que tailleur, mais c'est son expérience dans le prêt-à-porter qui m'a marqué ! M'a-t-elle inconsciemment influencé ? C'est difficile à dire, à définir... En tout cas je l'ai quand même fait, Madeleine, à la suite de votre mère...

» À l'époque, il y avait une injustice totale : pour avoir à prix abordable une robe de Marcelle Chaumont, il fallait aller à Londres ou à New York dans un grand magasin alors qu'à Paris c'était impossible ! La Française moyenne n'avait pas le droit de se payer moins cher un modèle d'une grande maison, alors que la couture était parisienne. Ses créateurs, ses ouvrières aussi...

» On pouvait vendre les patrons à des manufacturiers étrangers qui les reproduisaient pour les grands magasins étrangers, mais pas ici, c'était interdit. Cela m'a révolté !

» Je me suis même révolté contre Balenciaga que j'admirais, qui était mon maître, parce qu'il ne permettait pas qu'on vienne voir sa collection si l'on n'était pas cliente – en revanche il vendait ses patrons à Londres où l'on copiait certains de ses modèles qu'on pouvait acheter chez Harrod's dans des tissus similaires...

» Une Anglaise, une Américaine pouvaient donc obtenir à des prix raisonnables des modèles de la haute couture parisienne, mais pas les petites Françaises...

» J'ai voulu moi aussi changer ce système et j'y ai risqué ma carrière. Comme ce fut le cas pour votre mère... Vous connaissez la suite : tous les couturiers font maintenant du prêt-à-porter sous leur nom ! »

*
* *

Le premier défilé Juliette Verneuil eut lieu dans les salons du Bon Marché et, toujours au Brésil, je n'y assistai pas. Ma mère y présenta une déclinaison des modèles de sa collection haute couture. « C'est bien mieux, c'est plus jeune que ce que tu fais pour Chaumont ! » lui répétait ma tante Gabrielle.

Si certains journalistes de mode ont crié à la trahison, d'autres invités de la presse, ou amateurs de mode, dont le dessinateur Christian Bérard, applaudirent la naissance d'une couture plus facile quoique raffinée. Certains commentaires – dont celui de l'écrivain Colette – furent chaleureux.

« Est-il possible de rendre aux femmes de France, écrivait-elle, sans que croule leur budget fragile, la joie, le bien-être légitime, moral et physique qu'elles goûtent à porter le tissu honorable servi par une savante coupe ? "Juliette Verneuil" l'affirme. Une tentative aussi imprévue exige un tempérament ensemble audacieux et réfléchi, une autorité commerciale qui ne se laissera pas déconcerter par la critique et le risque.

» C'est à l'œuvre que nous verrons, sans tarder, "Juliette Verneuil" qui veut rendre, à la Française sevrée, le goût, la possibilité de s'habiller, la certitude de plaire, l'envie de reparaître dans les cénacles d'où elle s'était retirée...

» Cent sortes de parures pour la femme s'élaborent, accessibles, issues d'un cerveau féminin...

» "Pour la femme, par la femme". C'est dommage que la mode du slogan tende à passer. "Juliette Verneuil", je vous aurais bien volontiers offert celui-ci. »

Très vite les clientes affluèrent, celles de la maison Chaumont, celles du Bon Marché et d'autres qui avaient entendu parler de ce qu'apportait de nouveau la griffe Juliette Verneuil.

Dès que je revins en France, moi aussi je fus conquise : ces modèles simplifiés convenaient au genre de vie que je menais désormais dans le journalisme, à la suite de mon époux, et je ne voulais plus que du Juliette Verneuil !

Ma mère aurait dû faire fortune, ce fut le contraire : en grande artiste qu'elle était, elle avait peu étudié les contrats et ne tira pas de ses accords le profit que méritait sa révolution.

Par ailleurs, créer quatre collections par an la fatigua, l'épuisa même et elle tomba subitement malade. Privée de sa créatrice, la maison Chaumont fut contrainte de fermer, tout comme Juliette Verneuil, en 1952.

*
* *

Mais le coup d'envoi était donné ! Pierre Cardin, comme il me l'a rappelé, s'engouffra le premier dans la brèche ainsi faite avec sa vision, son audace et son talent. Tous les couturiers, bientôt autorisés à le faire sous leur nom, le suivirent et créèrent chacun leur sous-marque. Inspirées par ce succès, les grandes surfaces, comme Prisunic, décidèrent d'améliorer leur ligne de vêtements et engagèrent des stylistes de qualité.

C'est ainsi que ma mère se trouva à l'origine de ce que l'on nomme le « prêt-à-porter ». Une industrie qui donna à la haute couture – avec les parfums et les accessoires – de nouveaux moyens de survivre alors que le nombre de ses clientes allait en diminuant.

Le changement n'était pas que dans l'argent, il était aussi dans les mœurs : les femmes de tous les milieux s'étaient mises à travailler, par nécessité mais aussi pour se valoriser et gagner leur indépendance. N'ayant plus le temps de faire longuement élaborer leurs robes, elles s'enthousiasmaient à l'idée de pouvoir s'habiller « tout fait ». Ce qui ne les empêchait pas d'aspirer à la beauté et à l'élégance, d'où leur satisfaction de trouver des vêtements simples et peu coûteux qui portaient la marque et le style des plus grands créateurs.

Inaugurée par ma mère, une autre ère avait commencé pour la couture ! Elle-même eut le plaisir de pouvoir le constater puisqu'elle vécut, comme Madeleine Vionnet, jusqu'à quatre-vingt-dix-neuf ans.

Une fierté qui n'était pourtant pas sans mélancolie et quand je l'emmenais voir les collections des nouvelles maisons de couture, telle celle de Christian Dior, à l'apparition des modèles elle soupirait : « Cela, je l'ai déjà fait, cela aussi. Nous avons tout fait, Madame Vionnet et moi ! » Ce que confirme l'examen des photos représentant leurs modèles ou ceux qui sont exposés dans les musées.

Moi aussi j'étais triste.

Quand, en mai 1953, Jean-Jacques Servan-Schreiber, mon époux, fonda *L'Express*, le succès du journal ne me consola pas de la fermeture de la maison Chaumont. C'était au point que je n'avais pas le courage d'emprunter l'avenue George-V où je savais que ma mère ne se trouvait plus au travail derrière la fenêtre au-dessus de la porte cochère. Sans leurs ateliers, même les plus grands couturiers sont condamnés à l'inactivité. Madeleine Vionnet et Marcelle Chaumont n'échappaient pas au « manque » ressenti à l'idée de ne plus rien créer, essayer, adapter à une silhouette féminine.

Une anecdote me reste du temps de leur retraite, l'une voulue, l'autre forcée par la maladie.

Madeleine Vionnet venait souvent nous voir dans le Limousin où, faute de mieux, il m'arrivait de me faire répéter d'anciens modèles de chez Chaumont ou de chez Verneuil par la couturière de Bujaleuf. Un jour, ces deux dames, considérant sur moi un résultat qu'elles ne trouvaient pas satisfaisant, me firent monter sur une table ronde. Puis, toutes deux en même temps entreprirent de refaire ma robe, à coups de ciseaux et d'épingles, se coudoyant et s'interpellant avec une gaieté retrouvée de midinettes : « Elle serait mieux comme ci ! », « Je crois plutôt qu'il faut la reprendre comme ça... »

Cette robe en piqué blanc, après l'avoir longtemps portée, je la garde précieusement :

elle m'a permis d'avoir à mes genoux, s'occupant de moi et de moi seule, ma mère et ma marraine, mes deux génies de la haute couture !

DERNIERS TÊTE-À-TÊTE AVEC MADELEINE VIONNET

Sur la fin de sa vie, ce n'était pas sans une douce émotion que j'allais rendre visite à ma marraine retirée dans son petit hôtel particulier du square Antoine-Arnauld, son « puits », comme elle disait.

À presque cent ans, à demi allongée sur sa chaise longue qu'elle ne quittait désormais que pour son lit, elle me tendait les bras et me regardait, de ce beau regard que l'âge avait légèrement voilé. Elle portait une tenue d'intérieur tantôt de couleur pastel, tantôt de ce rouge qu'elle affectionnait et ses cheveux, devenus blancs vers ses quarante ans et qu'elle n'avait jamais voulu teindre, lui faisaient comme une auréole.

Je lui apportais quelque léger présent, des fleurs, des fruits, un livre... « Ne t'oblige pas à d'autres à-côtés, insistait-elle. L'essentiel suffit toujours. Il a seulement besoin de compter. »

En même temps, ce qui venait de ce monde extérieur où elle n'allait plus la faisait tressaillir de quelque plaisir oublié.

J'en profitais pour tenter de la faire parler de son métier, de ses souvenirs. Elle me répondait volontiers, sans jamais me donner l'impression d'être lasse ou d'avoir l'esprit ailleurs. « Si mes jambes ne me portent plus, j'ai toute ma tête », affirmait-elle.

Elle avait plus encore : une liberté de parole que ne retenait aucune crainte de surprendre ou choquer ceux qui peut-être, soupçonnait-elle, liraient un jour ce que j'avais bien l'intention de transcrire, même si j'ignorais alors que j'utiliserais quelques-uns de nos entretiens dans ce livre.

Parfois, pourtant, elle rechignait : « Est-ce

bien nécessaire ? Ce que j'ai à dire n'intéresse personne. »

Il est vrai que beaucoup l'avaient oubliée, certains la croyant déjà disparue. On ne prononçait plus son nom nulle part. Elle ne quittait plus son « puits », il fallait désormais venir à elle, et rares étaient ceux qui lui rendaient visite. Je crois, bien qu'elle ne s'en plaignît pas, qu'elle souffrait un peu de solitude. Le ton de certaines lettres ne trompe guère...

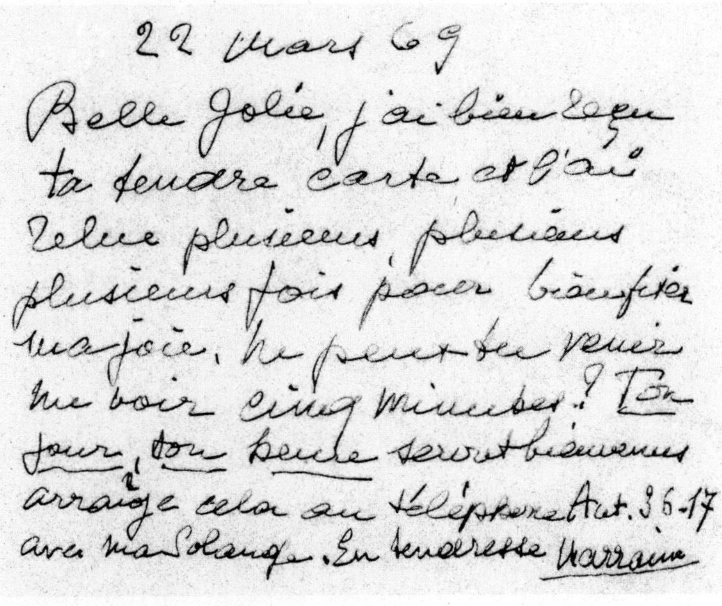
22 mars 69

Belle Jolie, j'ai bien reçu ta tendre carte et j'ai relue plusieurs plusieurs plusieurs fois pour bénéficier ma joie. Ne peux-tu venir me voir cinq minutes ? Ton jour, ton heure seront bienvenus arrange cela au téléphone Aut. 36-17 avec ma Solange. En tendresse Marraine

J'allais donc la voir chaque fois que mes occupations le permettaient et en effet, jamais elle ne gémissait sur son sort. « Quand je me plains un peu, plaisantait-elle, j'entends distinctement la voix de mon père : "Tu n'as rien, tu as seulement quarante ans de trop !" »

Lorsque je l'interrogeais sur ce qu'était devenue la couture à la fin des années soixante-dix, elle mettait les choses au point.

« La couture, ma petite fille, c'est du luxe. Et le luxe, c'est du superflu, ce n'est pas du nécessaire. Maintenant on n'y est plus, on est au nécessaire !

» Et puis la couture, la couture... Cela peut décevoir, mais il faut le dire : la couture, la vraie, c'est du commerce ! Quand on parle d'un artiste, quel que soit son domaine, ce n'est pas comme lorsqu'on parle d'une maison commerciale... Comprends-tu ? Quelle sorte d'avis peut-on donner sur une maison commerciale... Surtout aujourd'hui où la haute couture est si malade.

– Votre avis sur ce qu'elle a été et ce qu'elle devient nous intéresse d'autant plus !

– La couture intéresse toutes les femmes,

seulement elles n'ont plus d'argent ! Et puis on manque de main-d'œuvre hautement qualifiée.

– Pourtant, au début de votre retraite, vous vous êtes consacrée au métier que vous auriez tant voulu exercer : vous avez enseigné la couture...

– Oh oui ! On m'a même demandé d'aller faire des causeries dans les lycées pour recruter du personnel ! C'était une forme de prosélytisme... Certaines élèves étaient tentées, mais de là à exercer cet art comme moi je l'entendais, il y avait un monde. Aujourd'hui, si une petite entre quelque part, il faut qu'elle soit seconde main six mois plus tard. Qu'elle ait des qualités ou qu'elle n'en ait pas. Et elle sera première main peu de temps après, quel que soit son talent.... Cela ne va pas ! Remarque, certaines de ces filles ont tout de même de la valeur, mais plus autant qu'autrefois : cela n'est pas possible, on ne leur donne pas le temps d'apprendre leur métier. Que veux-tu, nous sommes dirigés par les Américains... Ce qu'ils veulent c'est du rendement et ils s'en fichent, de nos belles qualités à la française...

Tout le monde se met à la pratique américaine. Beaucoup de maisons de couture font en réalité de la confection... Or dans la confection, on forme trois cents ouvrières par an sur des machines. On les prend à n'importe quel âge. Il y en a qui se débrouillent très bien dans ce genre de travail : on coupe, on met des épingles, on ne bâtit jamais et puis on pique ! Après tout pourquoi pas, puisque les femmes s'habillent n'importe comment...

– Le bon goût se perd ?

– Le goût, c'est être capable de faire la différence entre ce qui est beau et ce qui est spectaculaire, ce qui est beau et ce qui est laid... Cela ne dépend pas du milieu où l'on a été élevé, il y a des gens qui ont du goût d'une façon innée... Mais le goût peut aussi se transmettre de mère à fille, et s'apprendre. En haute couture, on conseillait les clientes dans ce sens. Maintenant, fini les conseils : les femmes veulent du nouveau avant tout.

– Les jupes ultracourtes, par exemple ?

– Pour porter des robes courtes, il faut être jeune et avoir de jolis genoux, ce qui est rare. Quand on a quarante ans, même désirable et belle, cela ne fait pas le même effet. On ne peut pas ressembler éternellement aux mannequins.

– Que pensez-vous des mannequins d'aujourd'hui, plus minces que l'étaient les vôtres ?

– J'aime les femmes élancées, mais pas à ce point, pas qu'elles soient rien qu'en jambes et sans taille. Je vais te dire : je n'aime pas les "déjeuners de chien" !

– C'est quoi, un déjeuner de chien ?

– Un plat d'os... Cherche mes modèles dans les magazines de mon temps, ils sont portés par des femmes magnifiques. Ce sont celles-là qui m'ont inspirée. »

*
* *

On peut penser que ces dernières réflexions expriment une de ces révoltes du grand âge, pour lequel tout était mieux « avant ». Mais quand j'y songe, je me demande si Madeleine Vionnet n'avait pas en grande partie raison.

À son époque, je l'ai dit, les vraies parures

de la rue étaient les femmes. Qu'elles soient vêtues par la haute couture ou qu'elles s'en inspirent, l'effort vers l'élégance était permanent et les passants avaient l'œil sur elles.

Était-ce nouveau ? Les femmes ont toujours eu besoin de séduire et pour cela d'être remarquées, mais à chaque époque c'est avec des moyens différents : qu'on songe aux crinolines, aux robes en voile transparent des Merveilleuses du Palais-Royal ! Aujourd'hui la mode est aux caleçons et aux shorts portés en pleine ville...

Et au jean !

Quel que soit leur âge, la plupart arborent désormais ce pantalon à tout faire qui ne fait pas grâce d'un pouce de chair en trop ou trop molle. Faut-il voir dans cette exhibition l'aboutissement du combat pour la libération du corps féminin qu'a mené Madeleine Vionnet ? A-t-elle favorisé l'éclosion d'une plaisante franchise corporelle proclamant que les filles veulent être aimées telles qu'elles sont et qu'elles ne trichent plus sur la marchandise ?

Quoi qu'il en soit, Vionnet serait surprise. Et perplexe.

Car il y avait, dans sa création, un double objectif. En premier lieu celui d'embellir ses clientes. Chacun a sa conception du beau, la sienne consistait à épurer les lignes du corps en en dissimulant les imperfections – celles que le jean s'obstine à mettre en évidence !

Son second but – en était-elle vraiment consciente ? – fut de montrer que les femmes aussi pouvaient être de grandes créatrices – les ouvrières autant que les modélistes. Qu'elles étaient capables de créer des œuvres, certes éphémères, mais qui pouvaient concourir, par la difficulté et l'intensité du travail exigé, avec n'importe quelle œuvre d'art !

Or la robe objet d'art, si elle libère le corps, n'implique pas de l'exhiber, comme on le fait aujourd'hui, que ce soit dans les magazines, sur les écrans, sur les trottoirs. Partout les seins, les fesses s'affichent au premier plan... Au point que, la bouche gonflée et les cheveux en désordre, les plus belles femmes semblent sortir d'un lit ou s'apprêter à y entrer...

À croire qu'elles se veulent toutes du gibier sexuel.

C'est ce qui sépare l'esprit Vionnet des mentalités actuelles. Dans le message de sa très haute couture, il y avait autre chose qu'une invite à la libération d'un corps tellement corseté qu'il apparaissait comme réfractaire à l'amour. Il y avait l'élégance, cette savante « enveloppe » qui offre aussi protection et soutien. Pourquoi les femmes, en se délivrant d'un corsetage abusif, ont-elles aussi jeté leur élégance par-dessus les moulins ?

Blottie dans des parures ne dévoilant que ce qu'elle a de plus beau, une femme peut se sentir à l'abri des agressions vulgaires. Car l'élégance interdit le viol du regard, au profit d'une admiration respectueuse et peut-être d'un désir plus profond.

Que les belles d'aujourd'hui s'en souviennent...

REPOSER LOIN DU MONDE...

– La Chassagne, mais où est-ce donc ?

– Dans le Jura, me répond Sophie Dalloz, la première à s'être occupée de la tombe oubliée de notre Madeleine Vionnet.

Je n'avais pas été prévenue de son décès, ni donc pu assister à son enterrement. Les notaires se sont adressés à « sa famille », de lointains cousins. Étrange Marraine, que j'ai dû apprendre à aimer « inconditionnellement »... Sans juger ses décisions. Elle avait voulu liquider sa maison sans laisser de successeur, sans doute avait-elle souhaité, tels les oiseaux, se cacher pour mourir.

*
* *

C'était en avril, il faisait encore très frais et mon ami Jean-Marc Vallet m'a accompagnée en voiture jusqu'à La Chassagne.

Sophie Dalloz nous avait indiqué l'itinéraire, et avait ajouté qu'elle nous y rejoindrait, habitant assez loin dans la région. Nous sommes arrivés les premiers dans un minuscule village de quatre-vingt-douze habitants.

Là, tout n'a été que surprise !

Nous savions que le cimetière était au pied de la petite église, comme il arrive dans certaines bourgades. Mais où se trouvait la dernière demeure de la si secrète Madeleine Vionnet ?

Après avoir erré de croix en croix, nous avons découvert sa tombe presque invisible : une dalle toute blanche avec, gravés dans la pierre, son nom, ses dates, et le nom de son père, Abel Vionnet.

Car c'est auprès de papa-la-tendresse que Madeleine repose et de nul autre. Ses deux maris sont enterrés ailleurs et Jeanne Yvonne, sa fille, également.

J'avais le cœur étreint et je me suis assise le long de cette tombe qui doit paraître bien modeste à ceux qui ne connaissent pas celle qui y gît. En fait, ce lieu révèle tout ce qu'était la grande dame : un être exceptionnel qui s'est voulu à part du tourbillon du monde et désirait le rester.

– Comment se fait-il, me demande Jean-Marc, que la plus grande couturière de tous les temps soit si peu connue, surtout des nouvelles générations ?

Je réponds sans hésiter :

– Parce qu'elle en a décidé ainsi.

– Mais que craignait-elle, en quoi la célébrité ou la gloire pouvaient-elles la gêner ?

Là, bien des réponses me viennent à l'esprit. D'abord, elle avait cet orgueil que confère le génie, qui pousse à s'éprouver au-dessus des honneurs. Et à n'en pas vouloir, pas plus qu'elle ne portait de bijoux ! Un destin d'exception qui a été celui d'autres immenses artistes, méconnus de leur vivant, enterrés à la sauvette...

Et puis la petite fille abandonnée jadis par sa mère voulait sans doute retrouver son père, dans ce Jura patrie de ses ancêtres, sous une pierre qui soit de ce pays-là.

En plus, depuis son enfance, Madeleine était sauvage et faisait en sorte qu'on la laisse tranquille. Ce qu'elle a réussi ici ! Point de pèlerinage, aucune célébration...

Sophie arrive avec quelques fleurs à ajouter aux miennes. Elle nous confie que le maire et le curé de La Chassagne ne savaient pas du tout qui était cette dame qui leur a fait l'honneur de venir dans leur champ, avant qu'elle-même ne leur en parle. Grâce à Sophie Dalloz, dans un petit coin de la mairie, une vitrine évoque maintenant son souvenir. Mais pour qui ? Quels visiteurs ?

Dans ce cimetière, il n'y avait, ce jour-là, que mes compagnons et moi...

Seule avec ces deux-là qui partageaient mon émotion, j'étais heureuse de pouvoir dire une fois encore, avec sérénité, tout mon amour à ma marraine.

Et toute ma reconnaissance pour m'avoir introduite dans son royaume : celui de la beauté et du travail sans relâche qui y mène.

2009
L'ÉBLOUISSEMENT

Elle avait voulu « disparaître », elle n'y est pas parvenue. Depuis son départ de ce « monde » qu'elle fuyait, plusieurs expositions ont célébré les modèles de Madeleine Vionnet, mais aucune n'a atteint le faste de celle des Arts décoratifs. L'Orgueilleuse devra s'y faire : elle est désormais considérée comme un maître. Les grands couturiers, Christian Lacroix, John Galliano, Azzedine Alaïa et tant d'autres, qui vinrent admirer ses créations – seuls et chacun à ses heures –, en sont restés, paraît-il, silencieux. Éblouis par ce paroxysme dans la couture dont témoigne le superbe catalogue réalisé par la conservatrice Pamela Golbin.

Pour moi, ce fut un choc, d'autant que, juste avant l'ouverture, j'eus le privilège d'aller voir seule cette exposition. Je pus déambuler, solitaire mais accompagnée de mille souvenirs, entre ces vitrines subtilement éclairées. Vite, je me sentis submergée, dépassée, au bord des larmes.

Je n'ai vu aucun modèle de ma mère dans cette exposition, sauf un ou deux, dont peut-être la robe noire reproduite sur l'invitation. Il est vrai qu'il s'agissait surtout des années vingt, et que les modèles de Marcelle Chaumont n'apparurent vraiment sur le devant de la scène que dans les années trente. Un instant, quelques sombres pensées sur l'ingratitude me troublèrent, puis toutes les joies de mon enfance affluèrent dans mon cœur.

Devant chacune des robes de Madeleine Vionnet, l'émotion me rendait muette. En même temps j'étais envahie par une série d'images sans relation entre elles, comme lorsqu'on est sur le divan de l'analyste et qu'on est prié d'associer et de dire « tout »...

Ainsi la robe aux mouchoirs ! Elle est si simple, avec ses grands carreaux que tient ensemble un travail de jours, qu'on dirait une robe de fillette. Mais tout ce qu'elle implique ! Déjà ces carrés qui évoquent des mouchoirs font penser aux larmes. Qu'il y en a, qu'il y en aura dans une vie de femme... Quant aux jours, c'est l'espérance et aussi le labeur méticuleux, insensé, qui a présidé à leur élaboration. Faire des jours, c'est ce qu'on apprend en premier en couture, après l'ourlet, et ce que cela demande de patience et de finesse, je le sais, j'ai essayé ! En vain... Sa couleur aussi contribue à rendre cette robe-là irréelle : c'est celle que l'on qualifie dans *Peau d'Âne* de « couleur du temps ». Ou d'aube... Une robe à porter un jour de fiançailles, ou pour se promener dans un jardin en faisant concurrence aux roses...

À côté, il y a l'extraordinaire robe aux pétales. Un travail incroyable : on ne peut imaginer le nombre d'heures qu'il fallut pour découper dans de la mousseline chacun de ces petits morceaux de tissu en forme de pétale, et pour les relier afin de donner à l'ensemble la forme d'une robe qui glisse sur le corps tout en le soulignant. Les pétales sont de couleurs différentes, les assembler sans qu'il s'agisse d'un bariolage ou d'un costume de cirque relève, là aussi, de l'art. On le ressent au premier coup d'œil, et ceux qui s'en approchent ne tarissent pas en « ah » et en oh » !

J'aurais aimé la porter, celle-là, pour aller à la rencontre de l'homme de ma vie ou pour me consoler s'il m'avait quittée... Car une femme ainsi vêtue ne peut en aucun cas se sentir désespérée. C'est la robe anti-désespoir par excellence.

Et ainsi de toutes les autres, sources de souvenirs et d'émotions. Celle, toute blanche, dont le drapé transforme en colonne la femme qui la porte. Et la célèbre robe aux petits chevaux ! Sur fond rouge, une frise de chevaux noirs fait oublier qu'il s'agit d'un vêtement, on croit voir un tableau. Porter sur soi une œuvre d'art paraît impossible : ici le pari est tenu, et sublime...

Il y a aussi les robes constellées de perles si minuscules qu'elles en deviennent invisibles : les robes semblent alors naturellement lumineuses... Et les robes-bijoux incrustées d'or et d'argent... Ou les toutes noires, comme jetées sur le corps pour, en l'obscurcissant, mieux l'imposer... Le noir sied à toutes les femmes, comme, d'après le poète, « le deuil sied à Électre »...

*
* *

Une robe n'est qu'une robe et rien que ça ! s'indigneront ceux qui ne comprennent pas tout ce lyrisme autour de l'habillement et de la couture.

Il est vrai qu'à l'époque du « nécessaire » dont parlait Madeleine Vionnet à la fin de sa vie, à l'époque de la crise, des misères ambiantes, des inégalités choquantes, les chefs-d'œuvre compliqués qui sortent de l'esprit des couturiers et des mains de leurs ouvrières peuvent apparaître comme du superflu... Mais ne peut-on pas en dire de même de tout ce qui est art ? L'art ne nourrit pas son homme, clame le sens commun, et ne le réchauffe pas non plus...

Et pourtant !

Dès les grottes préhistoriques, on trouve les manifestations d'un art primitif sur les murs des cavernes ; les premières peuplades, dont certaines subsistent dans l'isolement, se parent plus que nous, tatouages, incisions, incrustations, sans compter les plumes, coquillages, fleurs, fourrure... Parce que la beauté n'est pas un superflu mais une nécessité ! Les femmes le savent d'instinct. De même qu'après un deuil ou un chagrin d'amour elles peuvent se mettre à redécorer leur maison pour se ressourcer dans le toucher de la matière, de même celles qui triment dans le quotidien le plus pénible se pâment devant un cadeau « qui ne sert à rien » mais qui, par sa beauté, leur redonne le courage et la joie.

C'est pourquoi je pense que, même si l'on ne reverra plus les roulottés savants et les perles cousues main de ma marraine Vionnet, même si ces robes superbes ne seront plus un jour que photos et dessins, l'art de la couture n'est pas mort.

Nouveaux tissus, nouvelle manière, trouvailles encore inconnues ? Sans doute. Mais ces robes disparues continueront longtemps de hanter les rêves des couturiers qui utilisent le « chiffon » pour en frotter la vitre embuée derrière laquelle, de génération en génération, apparaît une femme nouvelle.

Plus sûre, plus forte, plus belle, et plus vraie.

TABLE DES MATIÈRES

Du même auteur

Un été sans histoire, roman, Mercure de France, 1973 ; Folio n° 958.

Je m'amuse et je t'aime, roman, Gallimard, 1976.

Grands cris dans la nuit du couple, roman, Gallimard, 1976 ; Folio n° 1359.

La Jalousie, essai, Fayard, 1977 ; rééd., 1994.

Une femme en exil, récit, Grasset, 1979.

Un homme infidèle, roman, Grasset, 1980 ; Le Livre de Poche n° 5773.

Envoyez la petite musique..., essai, Grasset, 1984 ; Le Livre de Poche, « Biblio/essais », n° 4079.

Un flingue sous les roses, théâtre, Gallimard, 1985.

La Maison de jade, roman, Grasset, 1986 ; Le Livre de Poche n° 6441.

Adieu l'amour, roman, Fayard, 1987 ; Le Livre de Poche n° 6523.

Une saison de feuilles, roman, Fayard, 1988 ; Le Livre de Poche n° 6663.

Douleur d'août, roman, Grasset, 1988 ; Le Livre de Poche n° 6792.

Quelques pas sur la terre, théâtre, Gallimard, 1989.

La Chair de la robe, essai, Fayard, 1989 ; Le Livre de Poche n° 6901.

Si aimée, si seule, roman, Fayard, 1990 ; Le Livre de Poche n° 6999.

Le Retour du bonheur, essai, Fayard, 1990 ; Le Livre de Poche n° 4353.

L'Ami chien, récit, Acropole, 1990 ; Le Livre de Poche n° 14913.

On attend les enfants, roman, Fayard, 1991 ; Le Livre de Poche n° 9746.

Mères et filles, roman, Fayard, 1992 ; Le Livre de Poche n° 9760.

La Femme abandonnée, roman, Fayard, 1992 ; Le Livre de Poche n° 13767.

Suzanne et la province, roman, Fayard, 1993 ; Le Livre de Poche n° 13624.

Oser écrire, essai, Fayard, 1993.

L'Inondation, récit, Fixot, 1994 ; Le Livre de Poche n° 14061.

Ce que m'a appris Françoise Dolto, Fayard, 1994 ; Le Livre de Poche n° 14381.

L'Inventaire, roman, Fayard, 1994, Le Livre de Poche n° 14008.

Une femme heureuse, roman, Fayard, 1995 ; Le Livre de Poche n° 14021.

Une soudaine solitude, essai, Fayard, 1995 ; Le Livre de Poche n° 14151.

Le Foulard bleu, roman, Fayard, 1996 ; Le Livre de Poche n° 14260.

Paroles d'amoureuse, poésie, Fayard, 1996.

Reviens, Simone, suspense, Stock, 1996 ; Le Livre de Poche n° 14464.

La Femme en moi, essai, Fayard, 1996 ; Le Livre de Poche n° 14507.

Les Amoureux, roman, Fayard, 1997 ; Le Livre de Poche n° 14588.

Les Amis sont de passage, essai, Fayard, 1997 ; Le Livre de Poche n° 14751.

Un bouquet de violettes, suspense, Stock, 1997 ; Le Livre de Poche n° 14563.

La Maîtresse de mon mari, roman, Fayard, 1997 ; Le Livre de Poche n° 14733.

Un été sans toi, récit, Fayard, 1997 ; Le Livre de Poche n° 14670.

Ils l'ont tuée, récit, Stock, 1997 ; Le Livre de Poche n° 14488.

Meurtre en thalasso, suspense, Stock, 1998 ; Le Livre de Poche n° 14966.

Défense d'aimer, roman, Fayard, 1998 ; Le Livre de Poche n° 14814.

Les Plus Belles Lettres d'amour, Albin Michel, 1998.

Théâtre I, En scène pour l'entracte, Fayard, 1998.

Théâtre II, Combien de femmes pour faire un homme ?, Fayard, 1998.

La Mieux Aimée, roman, Fayard, 1998 ; Le Livre de Poche n° 14961.

Cet homme est marié, roman, Fayard, 1998 ; Le Livre de Poche n° 14870.

Si je vous dis le mot passion..., entretiens, Fayard, 1999.

Trous de mémoire, essai, Fayard, 1999 ; Le Livre de Poche n° 15176.

L'Indivision, roman, Fayard, 1999 ; Le Livre de Poche n° 15039.

L'Embellisseur, roman, Fayard, 1999 ; Le Livre de Poche n° 14984.

Divine passion, poésie, Fayard, 2000.

J'ai toujours raison, nouvelles, Fayard, 2000 ; Le Livre de Poche n° 15306.

Jeu de femme, roman, Fayard, 2000 ; Le Livre de Poche n° 15331.

Dans la tempête, roman, Fayard, 2000 ; Le Livre de Poche n° 15231.

Nos jours heureux, roman, Fayard, 2000 ; Le Livre de Poche n° 15368.

La Maison, récit, Fayard, 2001.

La Femme sans, roman, Fayard, 2001 ; Le Livre de Poche n° 15486.

Les Chiffons du rêve, nouvelles, Fayard, 2001 ; Le Livre de Poche n° 15553.

Deux femmes en vue, roman, Fayard, 2001 ; Le Livre de Poche n° 15421.

L'amour n'a pas de saison, roman, Fayard, 2002 ; Le Livre de Poche n° 30120.

Nos enfants si gâtés, roman, Fayard, 2002 ; Le Livre de Poche n° 30221.

Callas l'extrême, biographie, Michel Lafon, 2002.

Conversations impudiques, essai, Pauvert, 2002 ; Le Livre de Poche n° 30028.

Dans mon jardin, récit, Fayard, 2003 ; Le Livre de Poche n° 30410.

La Ronde des âges, roman, Fayard, 2003 ; Le Livre de Poche n° 30309.

Mes éphémères, Fayard, 2003.

L'Homme de ma vie, Fayard, 2004 ; Le Livre de Poche n° 30504.

Noces avec la vie, récit, Fayard, 2004.

Un oncle à héritage, Fayard, 2005.

Les Roses de Bagatelle, roman, Fayard, 2005.

Le Certain Âge, roman, Fayard, 2005.

Le Charme des liaisons, roman, Fayard, 2006.

Journal d'hier et d'aujourd'hui, t. I, Fayard, 2006.

Affaires de cœur, roman, Fayard, 2006.

Un amour pour trois, roman, Fayard, 2006.

L'Exclusion, récit, Fayard, 2006.
La Femme à l'écharpe, roman, Fayard, 2007.
Apprendre à aimer, dialogue avec Serge Leclaire, Fayard, 2007.
Il vint m'ouvrir la porte, roman, Fayard, 2007.
Journal d'hier et d'aujourd'hui, t. II, Fayard, 2008.
C'est tout un roman !, roman, Fayard, 2008.
Méfiez-vous des jeunes filles !, roman, Fayard, 2008.
Une balle près du cœur, roman, Fayard, 2008.
Le Bonheur dans le mariage, roman, Fayard, 2008.
Journal d'hier et d'aujourd'hui, t. III, Fayard, 2009.
Paroles d'écriture, textes, Bordessoules, 2009.

Direction littéraire

Huguette Maure

Crédit photographique

Collection personnelle de Madeleine Chapsal

Sauf page 4 du premier cahier (haut gauche et centre) : François Kollar/Bibliothèque Forney/Roger-Viollet ; et pages 6-7 du premier cahier : Les Arts décoratifs, Paris/Patrick Gries.

Composition PCA
44400 – Rezé

Imprimé en Espagne par JCG
Dépôt légal : février 2010
ISBN : 978-2-7499-1164-9
LAF 1240